陳志仰 著

消失中的臺語

講一句較無輸贏的

推薦序

府城　謝龍介

　　近百年前，府城大儒連雅堂作臺灣語典時，不敢自慰且懼嘆曰：夫臺灣之語，日就消滅。傳統漢學（臺語），歷經日據時代乃至國民政府遷台後之政策失當，逐漸流失，惜哉。

　　漢學（臺語）傳自漳、泉二州，而漳泉之語傳自中國，源遠流長；凡四書五經、唐詩宋詞，皆可以漢學臺語頌吟出其典雅優美之音律。華夏文化最珍貴的遺產，迄今留存在咱的美麗寶島臺灣；近百年來，雖有濟濟有志之士投入漢學臺語、詩詞等探討研究，但臺語文字及呼音之保存，仍然日漸凋零、岌岌可危。

　　志仰兄投入大量時間與精力，收集諸多漢文俚俗語匯集成冊，並以十五音切音法為本，對詮釋優美典雅的漢學臺語，有莫大的助益；其精闢內容，堪為漢文俚俗語之經典，亦可作為漢學臺語教本之用，個人十二萬分的敬佩。

　　今民眾交流之間，漸減臺語之運用，或因年輕傳承日減，或因不識臺語音韻典雅及淵源之深，甚而對漢學臺語妄自菲薄，實令我輩有志者感慨著急。今聞　志仰兄願拋磚出冊義舉，個人藉此祝福，並深深期待更多有識之士，對漢學臺語繼續薪火相傳、進而發揚光大。

作者序

　　上白醮請水繞境的這一天，我完全是在一個母語的環境。在媽媽生活一輩子的村子、跟同樣受到保生大帝庇佑的人們，聽著、說著相同用詞、腔口、聲調、口氣的「阿娘講的話」，是一種溫暖，是一種感動。

　　是保生大帝的庇佑，這天我溫習了更多的台灣俗諺。有趣的是，有些俗諺是發生在我們村子的真實故事！

　　是大道公祖的指示，這天我發現了更多的台語語彙。值得玩味的是，有些語彙甚至是我只會說不會寫。當我試著連結他們，追本溯源到古文的時候，更加驚嘆台語的典雅與精妙！

　　隔天早上，我繞過可能塞車的區域，開車直奔宅仔港去看隔壁學甲區慈濟宮的第二天繞境，慈濟宮遶境最特別的是它有目前台灣僅存的用人力扛行的蜈蚣陣，蜈蚣陣浩浩蕩蕩，陣頭綿延數公里。午餐後返回台北的路上，從「繞境APP」上驚地發現如果我走一號高速公路從西螺轉省道，可以在溪洲追到大甲媽祖神轎；就這樣，跟著APP，我隨著媽祖神轎小小地走了一段路，從來沒參加過繞境的我，在這兩天跟了三個遶境活動。

　　對於極度虔誠、能夠持續跟隨著神轎走好幾天的信眾，我真的很佩服，有朋友跟我說他走十幾年了，我這種玩票的人，實在

是很難想像。不過，一路北上，我一直想，大家在追的到底是什麼？

是神像？神轎？是熱鬧？還是沿途信徒熱心奉獻的點心、飲料？

又或許追的只是單純的祈求平安？

我們可以追的只有這些嗎？

白醮亭請水，源頭是赴福建同安白醮亭謁祖，是慎終追遠的心情，是緬懷先人的虔誠，追的是根；而根，包括前人、土地、信仰、風俗、習慣、傳統、語言、文字……，不是嗎？

是的，語言也是、文字也是。完成第201篇到300篇之後，我想到「大道公風，媽祖婆雨」這個開天氣和二位神明玩笑的俗諺。疑惑的是大道公和媽祖婆都是福建同安人，何必這樣爭吵？又何必計較法術的輸贏？來個沒輸沒贏不是很好？剛好，有句台語是「講一句較無輸贏的」，於是，就把這一冊定名為「講一句較無輸贏的」吧！

台17線往南走，一過將軍溪橋右轉約莫300公尺就是將軍庄（台南市將軍區將軍里）金興宮的白醮亭，這裡平時人煙罕至，只有幾隻野狗在蘆竹中嬉鬧、覓食。白醮亭上「源遠流長」的刻石，提醒著人們1683年施琅登陸臺灣後，在此建立「將軍府」，以及施琅族親施士聰和施琅副將威略將軍吳英他的族親吳挺谷二人同來此地拓荒的歷史。

妙的是，他們都是福建省晉江縣南門外錫坑鄉人，是屬泉州，但是現今我們村子所說的台語腔調是「漳泉濫」偏漳，不是偏泉，更不是泉州腔。

1758年，嘉南地區洪水氾濫，溪流改道，倒風內海開始淤積，1823年曾文溪衝破蘇厝甲，注入台江，後來八掌溪漫過洪水港北方進入威里和內連桁間的內海，曾經波光粼粼的倒風內海縮為魚塭，最後陸浮為平原。

　　我要說的是：土地尚且都會變，又何況是語言。

　　而這片土地的歷史幸虧有不同時期繪製的地圖而被保留下來，但語言呢？我們的母語呢？

　　立身於白醮亭，古時蕭壟半島的尾端，白醮亭面前古稱蘆溪的將軍溪，風吹過蘆草輕撫溪水，溪水伴著夕陽緩緩流向海峽，遠方隱約地傳來的，是先民蓽路藍縷辛勤拚搏的聲音。

2022.8 志仰於台南將庄

目次

201
樹椏

　　我們（五年級生）上小學那個年代，家長帶小孩到學校都會拜託老師說：「阮這个若無乖、不讀冊，盡量加拍！」曾幾何時，現在小孩是打不得的，非但老師在學校不能體罰學生，學校還會教育孩子如果在家挨打要撥「113」求救。我常常會想一個問題：「不體罰真的是比較好嗎？」至少我們的上一輩都相信「玉不琢，不成器」。

　　有學齡兒童的家庭裡可能會有一把「愛心小手」，真的不知道是誰發明這玩意兒的？該打就打、要打就打，搞個裝可愛的名字，也算是「飢鬼假細膩」。

　　我們孩提時代，沒有人家裡會有這種「愛心小手」，但是修理小孩的道具是不擇地而出，隨手可得：藤條、尺、椅子的木條、掃把柄（反倒是衣架較少），甚至到扁擔，我就看過隔壁的阿發被紅蟳伯用麻繩捆起來吊在屋樑下用扁擔打，他還很不服氣地咆哮說是他哥哥做「歹模樣」（「壞榜樣」的台語）害的。

　　很多五年級生被一種東西修理過，我們先從樹的各部位談起。

　　樹的最底部是樹根，樹根多半是在地下，因此基部看得到的地方稱為「樹頭」，就是「吃果子拜樹頭」、「樹頭若立互在，

不驚樹尾做風颱」的「樹頭」。而「樹尾」當然就是指樹的另一端──「樹梢」。「樹幹」通常稱為「樹身」。

樹身往上長就會分枝，一般北京語都稱樹枝、大樹枝或小樹枝，好像也不常用其他比較特別的名詞，其實北京語也用「樹杈」，「杈」字台語唸【嘉一出】（chhe-1），岐杈木也。

樹木末端的小樹枝台語稱「樹椏」，有名的歌曲「茉莉花」唱道：「好一朵美麗的茉莉花，芬芳美麗滿枝椏，又香又白人人誇。」這「椏」字我們在北京語已不常用，台語也是。「椏」在《彙音寶鑑》標【瓜五英】（oa-5）的音[1]，但是平常聽到的是【檜一英】（oe-1）的音；「椏」也可以當計算樹枝（通常包含樹葉）的量詞，例如「一椏、一椏」。教育部《台灣閩南語常用辭典[2]》舉例說：「樹椏提來做柴摣（樹杈拿來當柴燒）」，從這個例句來看，教育部把台語的「樹椏」翻譯為北京語的「樹杈」。哦？是嗎？

教育部《台灣閩南語常用辭典》也收錄了「樹錦」當做是「樹枝」，「錦」是【金二求】（kim-2），但是我們說的是【金二語】（gim-2）的音。

小時候學校的打掃時間，掃外庭都用竹掃把，竹掃把是桂竹或孟宗竹的細竹枝做的，教育部的建議用字是「掃梳」。「掃梳」一根根細細的竹枝常常就是用來打小孩的工具，教育部的建議用字是「掃梳箬仔」。例句：「較早的人定定用掃梳箬仔捽囡仔（以前的人經常用細竹枝打小孩）。」

「捽」，【君四曾】（tsut-4），持頭髮也。但是教育部將它解釋為「鞭打、甩打、抽打」的意思。例：「伊去互人捽曷流

血流滴（他被人鞭打到皮破血流）。」理論上它應該寫「捽」，【君四時】（sut-4）。

另外，「笒」，古書上說的一種竹，「笒隋」是一種實心竹，亦作「箒隋」。「笒」，【金二語】（gim-2），這個字反而比較適合拿來用來寫前面所說的「樹錦」一詞。

新一代的知識水準比以前要高，但是，有個很大的問題是「知識的貧富差距」擴大，某個程度上來說，我認為這跟「不能體罰」是有關係的，因為後段班的孩子並沒有被帶上來，而是被放棄了，所謂「愛的教育」害了很多人；台語有句話說「倖豬夯灶，倖囝不孝」[3]。

本文拼音參考

漢字	十五音	羅馬音	台羅拼音	台語同音字
杈	嘉一出	chhe	tshe	妻、姼
椏	瓜五英[1]	oâ	uâ	娃、蛙
	膠一英	a	a	亞
	檜一英	oe	ue	鍋、喂
錦	金二求	kím	gím	--
捽	君四曾	tsut	chut	--
捽	君四時	sut	sut	--
笒	金二語	gím	gím	--
寵	恭二他	thióng	thióng	塚
倖	經七喜	hēng	sīng	幸

後記。

　　有臉書朋友狐爾摩斯留言：「不認同。以前看同學被打的手腫起來，當場噴血送醫的，還有垃圾桶灌頭，頭破血流的，數理不會就是不會。」

　　我原本以為他是對這篇文章有意見，原來是對體罰的反感。我跟他說：「呵呵，我以為您對掃梳有意見。我國中念私校，打得很兇，曾有一堂課發考卷，整堂課都在打。三根藤條打斷兩根，可想見其慘烈。」這事引起我一位國中同學的回應，他說：「藤條不是打斷而是粉碎......」臉書的朋友又說：「我那時老師用小鋁棒之類打，還有用桌腳打，後段班會殺人的，老師反而不敢打。」

　　我只能說，時代差異真的很大。

　　另有位蔡先生說：「掃梳指的是一把的，掃梳笭仔指的是從掃梳抽出一兩支。另『掃梳笭仔』毋定著是講『掃梳錦仔』，一個台中人的淺見......。」謝謝台中的朋友。

註釋

1.　「椏」字《彙音寶鑑》標注【瓜五英】與【膠一英】。
2.　本書例句多引用教育部《閩南語常用辭典》例句，後續不再單獨說明。
3.　「倖」，【經七喜】（heng-7）。教育部閩南語字典：「寵倖」，溺愛、過分寵愛。例：恁查某囝會對你大細聲，攏是你加伊寵倖的（你女兒對你說話會大聲小聲的，都是你寵壞的）！異用字為「寵盛」。（不過，「盛」只是音同，字義則有待商榷。）

202
死鱉活鱉

走音可能是我們現在找不到部份台語詞彙正確用字的原因，扭曲解釋也是。儘管可以試著從本意去尋字，但是在扭曲或是被刻意搞笑之後，就會產生困難或誤解。

之前我們討論過「姑不而將[1]」被誤為「姑不章」，而有進化版的「姑不二章」以及它的最終進化「姑不二三章」，另外還有一個類似的例子——「無影無跡」。

「無影無跡」被很多人寫為「無影無隻」，表面上看來還滿合理的，沒有影子也沒有看到真的本尊，可是它是沒有影子也無蹤跡；被誤為「無影無隻」後，也直接跟著獲得50顆寶可夢糖果，進化為「無影無一隻」。當「無影無隻」被烙印在心中之後，要改變就不是一件容易的事。

村子裡有個笑話，某位老先生在批評別人胡說八道的時候常會說：「啊，你死鱉也三十二，活鱉也三十二。」不知道的人還以為可能是曾經有個賣鱉的人把死鱉活鱉的價格訂為一樣。但是，其實這句話原來是「四八是三十二，五八也是三十二」，所以死鱉活鱉都是胡說。

另一個例子。有一天，有一群村裡的長者在廟裡泡茶聊天，

有一位興高采烈、比手畫腳地描述一個某甲和某乙爭執的故事，他用了一個詞：「毛蟹咬蛤」。

毛蟹是台灣厚蟹的俗稱。台語有句話「七蟳、八蟹、九毛蟹[2]、十毛蟹」，這是在講從農曆七月開始「着時」的蟹類，七月是蟳，八月是梭子蟹，九月是毛蟹，十月是台灣厚蟹。

農曆十月厚蟹開始進入繁殖期，牠們會爆發出驚人的活動力，在嘉義布袋到台南四草，常會有厚蟹在馬路上遊晃。有句俗語：「初一瘋，初二嬈，初三瘋了了，初四食無潲」，網路上有人說這是提醒民眾抓台灣厚蟹要把握時機，十月初一厚蟹產季一到就要趕快到有潮水的石頭或泥岸邊守候，到了初三就被人撿完，初四出去就沒得抓了。但在七股潟湖的導遊不是這樣解釋，他說台語這裡的「瘋」是指「發情」，因為進入繁殖期，所以毛蟹都跑出來找對象；「嬈」在台語是用來形容女性舉止輕佻、風騷，例：「彼个查某真嬈（那個女人很輕佻）。」母毛蟹們連續招搖了三天，也搞得公的毛蟹「精疲」力竭，因此這時候抓到的公毛蟹就吃不到富營養的蟹膏，才是這句話的本意。

北京語的「蛤」是蛤蜊，是貝類的統稱，不過台語的「蛤」是指「田蛤仔」，也就是田蛙，台語又稱「水雞」。「蛤」，【干四求】（kap-4）。

那麼「毛蟹咬蛤」要幹嘛？蟹類吃浮游動物或植物，我也不知道毛蟹咬田蛙做啥，而且牠們生長的生態環境應該不一樣，怎會讓牠們面對面大戰？

巧的是過了幾天，我在大衛羊先生的視頻看到「蜈蛭咬蛤」的正確用字解析，他說一般人說「蜈蛭咬蛤」，「蜈蛭」是水

蛭，水蛭為雜食性動物，以吸食動物的血液或體液為主要生活方式，而青蛙是牠們經常欺負的對象，所以「蜈蛭咬蛤」看起來是符合自然生態狀況的。「蜈」有兩個音，【迦五語】（gia-3）和【沽五語】（go-5）。

但大衛羊的說法是「蜈蛭咬蛤」還是不對，因為這句話只是講「死命糾纏」，但是並沒有要「拚個你死我活」的意思，所以這四個字應該是「糊拑牪佮」，每個字各自表示一種糾纏的模式。

「糊」是「黏貼」，例：「你這款身體未輸紙糊的（你這種身體好像用紙黏成的一樣）。」是在形容人的身體很差。也有硬推的意思，例：「我無愛的物件硬要糊互我（我不要的東西硬要推給我）。」

「拑」，「拑牢牢」是指「死命地抓住不放」，例：「這个囡仔真驚生份，出外攏共個老母拑牢牢（這個孩子很怕生，出去都死抓著母親不放）。」（「拑」字我認為用「扲」較好，「扲」有【兼五去】與【�五去】兩個音，「拑」只有前者。）

「牪」，【監五求】（kaⁿ-5），造字本意就是兩隻牛在一起，指「牛同伴」。不過，我覺得可以考慮「㩴」這個字。

「佮」，這個字常使用在當「和、及、與、跟」的意思（作單純「和」解釋時我們比較建議用「偕」字）。它也有搭配與附帶的意思，例：「食魚食肉，也著菜佮（吃多了大魚大肉，也得要搭配一些蔬菜）」；以及：「頭家！佮兩枝蔥仔好無（老闆！附送兩根蔥好嗎）？」

像「糊拑牪佮」這樣的四字熟語，只有老一輩的人會用，

但竟然連他們都講錯，因此，我們更應該將這些話用文字保存下來。

本文拼音參考。

漢字	十五音	羅馬音	台羅拼音	台語同音字
蠘	居八出	chhih	tsih	--
蛤	干四求	kap	kap	佮
蜈	迦五語	giâ	giâ	夯
	沽五語	gô	ngôo	吾、吳
蛭	巾四曾	chit	tsit	織
糊	沽五求	kô	kôo	--
拑	兼五去	khiâm	khiâm	--
拎	梔五去	khîn	khînn	--
牸	監五求	kân	kânn	擥
擥	監五求	kân	kânn	牸
佮	干四求	kap	kap	蛤

後記。

　　有位陳先生說：「『無影無跡』不只被誤以為是『無影無隻』，很多人已經講成『無影無一隻』！」

　　我說如果大家知道那是錯的、是開玩笑的說法，就比較無所謂；但是許多人已經把錯的當正確的，這就是問題。

　　陳先生說：「這就是台語教育的問題了。我講了數十年的台語，也直到近年來，我才開始會去想它該有的『字』是什麼。否則大家都是自小講到大，只知其音不知其字，也就都沒辦法說服別人或討論出誰對誰錯。我第一次聽朋友說『無影無一隻』

時，確實愣住了。但那時我確實也從沒想過最後這個『ja』是什麼字？更遑論知道是『跡』還是『隻』或是『吃』。反正『無』後面不管接什麼，都一樣是沒有、虛假的意思，不影響原意。by the way，廣播節目台灣人俱樂部的阿生章天軍，他們也是講『無影無一隻』。」

　　黃小姐說：「『柑仔店』也是類似的不知漢字而走音現象。」

　　是的，錯誤普遍存在！

注釋
1. 參考《阿娘講的話》冊010篇〈姑不而將〉。
2. 「蟹仔」北京語是「梭子蟹」，台語有人稱「花蟹」或「三角仔」。「毛蟹」有人稱「扁蟹」。

203
唧屎

突然想到這很誇張的詞。

小時候的零食「糖唧仔」也叫「金唧仔」，它是圓圓的硬糖果，放在嘴巴裡要含很久才會化。這個詞的結構讓我想起「米粉炒」與「炒米粉」，這裡「糖唧仔」是名詞，「唧糖仔」是動詞。由於音近似，加上這種糖有白色的縱切線，外型也很像迷你橘子，因此很多人以為是「糖柑仔」。

「唧」，【甘五求】（kam-5，口含物也）。大部分的人，包括教育部，都寫成「含」這個字，「含」，【甘五喜】（ham-5，銜也、包也）[1]。雖然「銜」也有「用嘴含物或叼物」的意思，但是讀音有差異，故應該還是「唧」較為適合。

我們應該都有個經驗：嘴巴含著圓圓的糖，或有其他東西時要講話一定不好講，所以會講不太清楚，這樣說話說不清楚的狀況台語竟然用「唧屎」來形容──「他講話唧屎唧屎」！其實這句話的解釋也滿多樣的，除了：「說話含糊不清」、「聽不清楚咬字或意思」，有時也用來比喻講話有技巧、婉轉甚至有諷刺意味，但是仍以表達「口齒不清」為主要的用法。只是古人實在是太開放了！「屎」是指男性的生殖器。話講不清楚而已，不需要

用到這麼激烈的形容詞吧！

「喙唇」是比較正常的。很多小孩子習慣張開嘴巴，不知道是想事情想得太入神還是鼻子被鼻涕塞住需要靠嘴巴呼吸，張開嘴巴就很容易會流口水，很難看，因此大人都會提醒他們把嘴巴閉起來，叫做「喙唇」。

嘴巴含著水叫「喙水」，有句話說：「田螺喙水過冬。」網路上「醉言夢語風花雪月」部落格提到：「田螺通常棲息在有水的溝渠、池塘或水田裡。臺灣的冬天乾旱少雨，此時田螺都會鑽入土裡過冬，等待春天雨水來時再鑽出來，與蝸牛的『旱眠』相似。從前的人以為田螺怕渴死，所以在鑽入土裡前會先含了一口水，靠那一口水，『節食儉用』撐過整個冬天。」

教育部《台灣閩南語常用辭典》的解釋說它是比喻窮人忍苦度日，等待時機。但比較好的說明應該是比喻一個人遇到困難或委屈，能忍辱含垢，增強自己的能力，渡過艱難逆境，獲得最後的成功。基本上是在鼓勵逆境中的人，不一定是指窮人，沒那麼狹隘。

不過，不要因為這樣而以為「喙水」是有多大的神奇或是多麼了不起的含意，它就是單純「嘴巴含著水」。有時候種花的時候看花盆裡的土壤有沒有水分，會不會太乾，也是用「喙水」這個詞。

最後再強調一次，別人講話講不清楚，請他講明白，不要用「喙屎喙屎」這個形容詞來形容了啦！

本文拼音參考。

漢字	十五音	羅馬音	台羅拼音	台語同音字
唅	甘五求	kâm	kâm	答
含	甘五喜	hâm	hâm	函、涵

後記。

　　有位陳先生留言：「受教。唅仔糖，糖唅仔，一元二十粒。」

　　我直接的反應是：是哪個年代？呵呵，我小時候一元才五粒。

註釋

1. 物品因乾枯、老化而龜裂，使得質地變得容易酥碎，稱為「含梢」，這「含」就是【甘五喜】的音。例：這跤醃缸已經含梢矣（這只窄口的缸子已經變得酥碎了。）

204

繚

　　我平常不看電視，我家裡也沒電視，偶而回南部家的時候會看一下。但是說真的，好像沒有什麼節目好看，其妙的是台灣的記者對於車禍特別感興趣，天天都是車禍的新聞，有的是開太快，有的是亂開亂騎，或是開車引起的衝突，還有開貨車的，貨不捆好，車一邊跑，貨一邊掉。

　　一般北京語中，貨物都是用「捆」或是「綁」的。在台語，也有人說「捆」，【君二去】（khun-2，織也、扣椓），但是「捆」比較常用在「捲」，例如：「加索仔捆起來（把繩子捲起來）。」或是指被綁成一綑一綑的東西，例如「草捆」。（可是教育部說近似字是「囷」，這個字讀為【君一去】（khun-1），指的是圓型的穀倉，我又有點茫然了......。）

　　「綁」，【公二邊】（pong-2，俗以繩縛物謂之綁）在《阿娘講的話》冊070篇〈鼻芳〉有提過，它是明朝末年才有的字，而台語一直沿用古漢語使用的「縛」，【江八邊】（pok-8，綑縛也）。

　　不過，對捆綁車上貨物台語的口語用字是「繚」，【嬌五柳[1]】（liau-5，繚纏也）。一般國語字典的解釋：1.纏繞、圍

繞；2.一種縫紉方法，用針把布邊斜著縫起來。如：「繚縫」、「繚貼邊」。因此，它不只用在「繚繞」，像「常則是笙簫繚繞了鬢簇，三盃酒滿金鸚鵡。」（元關漢卿〈魯齋郎〉第三折）或「脩袖繚繞而滿庭，羅襪躡蹀而容與。」（《文選》張衡〈南都賦〉）這種地方，它也可以用在綑綁物品。所以，提醒一下貨車出車前：「車後斗的物件愛繚互好！」

車上的東西要綁好，開車前，安全帶也要繫好。安全帶北京語雖也說「綁」，但較多說「繫」，而台語用的是「繕」。《彙音寶鑑》收在【膠五喜】（ha-5）以及【膠八喜】（ha-8）的兩個音解釋都一樣：束物曰繕。「繕」字也用在繫腰帶，例：「繕褲帶（繫褲腰帶）。」或是用布帶繫上裙子，例：「伊佇內底繕裙，小等就出來矣（她在裡面穿裙子，等一下就出來了）。」當然，也可以用在綁東西，只是「繕」的感覺就不會像上面其他字，或是在《阿娘講的話》冊039篇〈牽眾賣某，牽苓繕腹肚〉的「繕」與「束」綁得那樣的緊。

本文拼音參考 ♦

漢字	十五音	羅馬音	台羅拼音	台語同音字
捆	君二去	khún	khún	懇
困	君一去	khun	khun	坤、昆
綁	公二邊	póng-2	páng	--
縛	江八邊	pòk-8	pàk	--
繚	嬌五柳	liâu	liâu	遼
繕	膠五喜	hâ	hâ	霞、遐
	膠八喜	hà	hàh	合

註釋

1.　口語讀【嬌七柳】（liau-7）。

205
便便

不要誤會，這「便便」講的不是「屎」。

保力達B很出名的系列廣告詞說：「明仔再的氣力，今仔日加你攢便便！」

「攢」，在北京語唸ㄗㄢˇ，是張羅、準備、積蓄、儲蓄的意思；台語讀做【觀三曾】（choan-3），拼湊、聚合[1]的意思，例：「物件我攏攢好矣（東西我都準備好了）。」由於一般口語說的是【觀五出】（chhoan-5）的音，因此很多人寫為「傳」。但「傳」並沒有準備的意思，我們還是建議用「攢」。「傳」，讀音【觀五地】（toan-5）或【觀三他】（thoan-3）。

「便便」是一個「疊字」或稱「疊詞」，因為有人也稱兩個、三個甚至四個相同的字疊在一起的字為疊字（例如：林、森），我們就用「疊詞」稱呼。「疊詞」是由兩個或兩個以上字形和字義都相同的漢字重疊在一起使用所組成的詞語，中國早在《詩經》時代就有運用疊詞的例子，如「伐木丁丁，鳥鳴嚶嚶」（《小雅》〈伐木〉）。宋詞裡最有名的應該是李清照的〈聲聲慢〉：「尋尋覓覓，冷冷清清，淒淒慘慘戚戚。」「尋尋」就是

「尋」、「覓覓」就是「覓」、「冷冷」就是「冷」，所以「便便」就是「便」。基本上用疊詞手法是用來強調語氣，因此，我們要關心的是「便」是甚麼意思。

記得小時候，爸常常跟媽說東西不用自己做，買現成的就好，舉個例子來說，過年過節拜拜要用的牲禮，以前鄉下都是自己殺雞、放血、燙水、拔毛……，麻煩事小，重點是媽媽不敢殺雞，所以爸都會說：「買便的就好！」或是以前準備早餐稀飯和配菜很麻煩，去店家買些東西就好，都是「買便的就好！」也就是買「現成的」的意思。

「便」在《彙音寶鑑》有四個音：

【堅一邊】（pian，便便）；

【堅七邊】（pian-7，宜也、安也、順也、利也，又糞）；

【干一邊】（pan-1，便宜，賤也）；

【梔一頗】（phin-1，便便宜物，過直也）。

以前人的婚姻多是憑媒妁之言，甚至有些人是以當「媒人」為主業，有「媒人婆」也有「媒人公」。聽說我的奶奶和外婆她們人面都廣，因此常常幫人做媒，台語說「加²伊做媒人」，或「加伊做親情³」。我一直覺得這兩句話很有趣，因為「媒人」不等於「親情」，但是兩句話卻是同一個意思。

「媒人婆」的「媒」有兩個音，【檜五門】（boe-5）與【姆五喜】（hm-5），都是指媒妁、媒婆、介紹人的意思。

開始流行自由戀愛之後，「媒人婆」逐漸式微，但是新人結婚的時候仍依古時候的習俗進行，有些儀式需要由「媒人婆」搭配執行，所以產生了所謂的「便媒人」。「便媒人」的「便」是

現成的，好玩的是「現成」的是這一對姻緣，而不是媒人。

　　有時候我們會說一個人都要別人幫他準備好東西或做好事情，自己都不動手，會說：「你足便兮！」說到這邊，要不要幫我買杯飲料？（會不會「傷便」？）

本文拼音參考

漢字	十五音	羅馬音	台羅拼音	台語同音字
攢	觀三曾	choàn	tshuàn	--
傳	觀五地	toân	thuân	團
	觀七地	toān	tuān	緞、篆
	褌五他	thn̂g	thn̂g	糖
便	堅七邊	piān	piān	辨
	堅一邊	pian	pian	編
	干一邊	pan	pan	班
	梔一頦	phiⁿ	phinn	篇
媒	檜五門	boê	muê	梅、煤
	姆五喜	hm̂	hm̂	--

注釋

1. 《彙音寶鑑》說它同「鑽」，穿物之鑽。
2. 「加」字的用法請參考《偕厝邊頭尾話仙》冊126篇〈加恁買〉。
3. 「親情」請參考本冊281篇〈親情五十〉。

206
鵝管仔

　　205篇聊到「便」，想起「便藥仔」，就是「成藥」的意思。

　　約莫七、八十年前很流行所謂的「寄藥」。藥商或藥行會準備一個袋子，裡面裝了各種「便藥仔」，治頭痛、胃痛、拉肚子的，各式各樣的藥品，虎標萬金油也是其中之一，當時綠油精還沒出生，不過有又稱薄荷冰的薄荷玉。藥行會在每一戶人家都放一個這樣的藥袋，每隔一段時間，藥行的服務員就會到家家戶戶點藥，看用了多少，一邊收錢一邊補藥。

　　這樣的業務模式應該在1950年左右慢慢式微，應該是醫學診療的逐漸發達與普及，人們開始逐步捨棄用成藥，身體不舒服就到診所看醫生。當時醫生會到府看診，稱為「往診」。

　　早期診所醫生除了「聽診器」和「血壓計」，好像每個醫生都會「把脈」，「把脈」台語叫「節脈[1]」。「聽診器」叫「聽筒」，量血壓和體重的動詞都是叫「磅」。而古時候沒有磁振造影或超音波，所以它們也沒有「台語名稱」，大概只有X光，台語叫「電光」，照X光就叫做「照電光」，而更早前，還沒有「電光」的名字前，他們直接稱「Rantogen[2]」。

　　醫生開的藥有的是藥粉、有的是藥錠，也可能是膠囊或

糖漿。「藥錠」稱為「藥餅」，而膠囊就有個怪名字叫「鵝管仔」。聽說是因為膠囊長得跟鵝毛管很像，被誤以為膠囊是鵝毛管或是雞毛管做的，所以被稱為「鵝（毛）管仔」或「雞（毛）管仔」，其實，一般的膠囊是用明膠（動物皮、骨內的蛋白質即膠原製成）做成的。令我很好奇的是：「鵝」有三個音，是腔口差異，一個是【高五語】（go-5），一個是【姑五語】（goⁿ-5），一個是【迦五語】（gia-5），我的家鄉是發【高五語】的音，但是卻在這裡被統一，我們也發【迦五語】的「鵝管仔」。還有一種軟膠囊（魚油或磷蝦精的包裝）則稱為「軟球仔」。

如果需要打針，那有可能是打手臂或屁股，打血管的叫「注血筋」，打點滴叫「滴大筒」或「滴鹽水射」（生理食鹽水）。

從病名的台語，或許我們可以推測這些病的「被認識」的歷史。糖尿病現在也一樣被稱為糖尿病，也些人口語說「有糖分」，在日治時代也稱「糖尿病」，但是它有個中醫名，叫做「渴利」或「消渴症」。「渴」，【干四去】（khat-4）。

氣喘稱「哮疴」。

感冒會說「寒著」或「感著」。

胃酸逆流（胃食道逆流）稱「溢赤酸[3]」或「火燒心」。

蕁麻疹稱「起清瘼」或「起清吶」。藥物過敏或起藥布疹叫「起藥蛆」。

「血脂肪」台語稱為「血油」；「血壓」在台語也是用與北京語相同的說法。但是「膽固醇」就很少聽到它的台語。因此，它應該是一個比較新的名詞。不過，癌症也有台語，一般都稱「生歹物」。

寫到這覺得有點沒勁，不想用腦筋去想這些東西。最後一個：蛀牙做根管治療叫「餹神經」，「餹」，【交七他】（thau-7，以毒暗令其食），我相信這是新近被造出來的字。

　　這些詞彙知道就好，希望大家不會用到，祝福您身體健康！

本文拼音參考。

漢字	十五音	羅馬音	台羅拼音	台語同音字
節	堅四曾	chiat	tsiat	折
	干四曾	chat	tsat	--
拶	觀八時	soat-8	suat	--
鵝	高五語	gô	gô	熬
	姑五語	ngôn	ngôo	娥、臥
	迦五語	giâ	giâ	夯、蜈
渴	干四去	khat	khat	--
餹	交七他	thāu	thāu	--

後記。

　　蔡先生說：「滴大筒─台中這邊稱之為『吊大筒』。」從這可以發現台語不一定是字直譯，它更重視「語言的習慣與味道」。

　　陳先生貼了一張藥袋的圖片，說：「有葫蘆矸、虎標萬金油、目藥膏記憶最深。」呵呵，這曝露年齡囉！

注釋

1. 「把脈」一般台語寫作「節脈」，有認為應寫「拶脈」的說法，「拶」，【觀八時】（soat-8），通也、相排、迫也。
2. 參考《吳新榮日記全集》，吳新榮醫師日記所述。
3. 有作「溢刺酸」。

207
討債

同一天的新聞：

「中國恒大集團的債務危機加劇，總負債額過萬億。近日，在兩家信託公司向恒大討債的消息被曝出之後，9月3日恒大多只地產債券和股票大跌。」

「47歲徐姓男子等人經營線上真人直播博弈，並以言詞恐嚇、潑漆、擲雞蛋逼迫賭客還債，臺北地檢署今天依賭博、恐嚇等罪起訴13人。」

我的電話沒有辦理自動轉帳繳款，所以常常帳單過期，被電信公司打電話來催繳，這也算是「討債」。

但是，如果你要說台語，請不要說「討債」，要說「討數」。

「數」有【沽三時】（so-3）、【公四時】（sok-4）和【嬌三時】（siau-3）三個音。

【沽三時】是我們最常用的，例如「數學」、「數字」。

【公四時】比較少用，指「屢也、煩也」。

【嬌三時】解釋是「數簿」，也就是「帳簿」。「帳」也有【嬌三時】的音，解釋寫「算帳也」。

因此，「討債」的台語要說「討數」或「討帳」，收帳說「收數」。買東西「賒帳」叫「欠數」，會計作業的記帳叫「記數」。

台語「討債」的「債」基本上不是金錢帳務的債，它可能是源字佛法講因果輪迴「冤親債主」而來。有人解釋冤親就是指前世的仇人或者是自己不對頭的人，投胎成今生的親人朋友，債主是指今生來向自己討債的人。

台語常說「父囝相欠債，尪某嘛是相欠債」。所以，小孩出生是來跟父母要債的，人之所以會成為夫妻也是要了前世的因緣或債。如果一個小孩不知珍惜、不懂節約，浪費父母的東西或財產，就會被罵「討債囝」、「討債囡仔」。

有個有趣的事情，如果將債權與債務倒過來，是小孩前世欠父母債，那他這輩子就得乖乖的受父母約束管教，要承受這個債務，簡稱「受債」。而若這小孩不聽話、不孝順，就會被罵「不受債」。

這樣的概念已經比較少被探討，但是，我們還是要記得台語的「討債」是用在表達「浪費、蹧蹋」、「沒有節制」、「無益的耗費」。例：「伊食物件有夠討債，定定賰¹一半就要摒捒²（他吃東西很浪費，常常剩一半就要丟掉）。」

而「討債囝」現在用於「敗家子、不肖子」，拿祖先的財產隨意揮霍的不肖子孫。例：「個兜的財產攏互伊這个討債囝敗了矣（他家的財產都被他這個不肖子敗光了」。」

如果不要用這麼嚴厲的字眼，可以用「拍損」。

「拍損」最常用於「浪費、蹧蹋」。例：「你不通拍損人

的物件（你不要浪費東西）。」或是用於感嘆、表示可惜，例：「伊七少年八少年就來過身去，真拍損（他年紀輕輕就過世了，真可惜）。」此外，也是類似的用法，常用於小孩子夭折。例：「伊頂個月才生一个囡仔，不知安怎煞拍損去（伊上個月才生一個小孩，不知道為什麼就夭折了）。」

我們要「拾拾[3]」，不然會被罵「討債」、「拍損」。

本文拼音參考

漢字	十五音	羅馬音	台羅拼音	台語同音字
數	沽三時	sò	sòo	素、訴
	公四時	sok	sok	束、朔
	嬌三時	siàu	siàu	少、帳
抷	梔二喜	hìⁿ	hìnn	--
揀	江四時	sak	sak	--
食	迦八曾	chiàh	tsiàh	--
	巾八時	sit	sit	實
	龜七時	sū	sū	事、士
拾	茄四去	khioh	khioh	卻
	金八時	sip	sip	習

注釋

1. 教育部建議用「賰」字表「剩」的意思，也有建議「伸」者，請參《偕厝邊話仙》冊106篇〈爾爾〉。
2. 「抷揀」，「扔掉、丟棄」。例：「伊一領外衫穿幾若十年，補了閣補，毋甘抷揀。（他一件外套穿了好幾十年，補了又補，捨不得丟掉）。」
3. 「拾拾」的意思是簡樸、勤儉、老實的意思，比喻人個性真儉叫做很拾拾。前者唸【茄四去】，後者唸【金八時】。「食食拾拾」是吃食物要節儉的意思。

208
目瞬囝仔

　　我不知道鄉下還有多少地方像我們村子這樣。我們村子有很漂亮的市場，但是這市場幾乎沒有攤販，村民也很少在這買菜。廟埕反倒是比較多人去買菜的地方。每天早上賣豬肉的就會用小貨車載豬肉來賣，他幾乎每天早上準時六點四十就會廣播：「若要買豬肉个趕緊出來，山仔腳嘉珍仔載豬肉來啊……」。賣魚的也會是早上來，有的攤販會下午才來，像是賣花生、賣水果的。這些攤販賣「青菜」的很少，因為在鄉下大家都會自己種，多到吃不完還要送人，買的賣的幾乎都不是「青菜」，我家常常就會有不知道是誰送來的菜。

　　這些攤販在這個村子賣完後就會到下一個村子，通常都是在那個村子的大廟，用廟的廣播器向村民廣播。

　　前幾天，有個攤販來，他說他只待一下下，馬上要離開，要買要快。

　　形容時間短，台語的說法還滿多的，例如：一觸久仔、一下仔、一霎仔久、一下手、一睏仔。

　　不過，他說的是「目瞬囝仔」。

　　北京語會說：「一眨眼十年過去了……」、「一眨眼孩子

都大了......」。「眨眼」的台語是「瞬目」，我們會說：「目一下瞬」。「瞬」，【君三時】（sun-3，瞬息也）、【君四時】（sut-4，目動）與【梔四柳】（lih^n-4，目自動也），這裡用【梔四柳】的音[1]。

「瞬息萬變」就要用【君三時】的音；有時候我們形容車子跑很快，從我們面前「咻～一下，就經過」，我們可以說「瞬一下就過」，也就是說眼睛眨一下就過去了。而【梔四柳】就是我們平常用的「眨眼」，台語叫「瞬目」；有時候對人眨一隻眼傳遞訊息也叫「瞬目」。

所以，表示一眨眼的時間叫「目瞬仔」或「目瞬囝仔」。我們提過「仔」字會使該名詞小一級，再加個「囝」又再小一級！可見它真的很短。問題是，你會聽到的「目瞬仔」並不是這樣發音，它因為「目瞬」與「瞬仔」的連音，變成「慢爾啊」的音。我們常常從音找不到字，這也是一個原因。

剛剛提到的這個攤販還加了一句話：「隨要走！」說他馬上就要離開。「隨」，【規五時】（sui-5，從也、退也），但是比較清楚的解釋包括「順便」，例如「隨手撿垃圾」，也當「立即」，例如「隨時」。口語表「立即」的「隨時」通常只會講「隨」一個字，例如：「叫你去，你不著隨去（叫你去，你就趕緊馬上去）！」

我每次回老家，早上都會等「山仔腳嘉珍仔」的廣播，不是要買豬肉，是把他當鬧鐘，另外，也當作是懷念我的母親，因為以前有人來廟埕賣東西，媽媽都會找我一起去逛，她都會問我：「要吃燒番麥、煠土豆無？」「敢要吃土檨仔？」

本文拼音參考。

漢字	十五音	羅馬音	台羅拼音	台語同音字
瞬	君三時	sùn	sùn	舜
	君四時	sut	sut	牽、戌
	栀四柳	lih^n	linn	--
隨	規五時	suî	suî	誰、垂

後記。

黃小姐留言說：「我會講『目瞬仔囝』。」

我後來一直唸「目瞬仔囝」和「目瞬仔囝」，唸到我都昏了
......

注釋

1. 【栀四柳】（lihn-4）另有一字「瞤」，也是「目動」的意思。

209
按

以前爸媽常常開車到處晃，或者是去安平吃蝦捲、買毛筆，
或者是去七股看黑面琵鷺吃蚵爹，或者是去官田賞荷買菱角，從
北門水晶教堂、井仔腳，到布袋港、高跟鞋教堂，都是他們常去
的地方，基本上不會太遠，可以很從容地半天往返。

有時候兩老說要出門走走，爸會問媽說要去哪？媽常說：
「ハンドル你咧按！」（ハンドル是Handle，方向盤的意思。）

「按」【干三英】（an-3，抑也、撫也、考也、止也），
又音【官七喜】（hoaⁿ-7，據也）。捷運上的廣播，提醒旅客手
「扶」好，台語就是「按互好」。腳踏車或機車的把手叫「手按
仔」，汽車方向盤除了用日文「ハンドル」也可以用「手按仔」
稱呼。把方向盤或把手抓好、扶好，都叫做「手按仔按互好」。

這裡的講的「按」，教育部的建議用字是「扞」。不過《彙
音寶鑑》中，「扞」音為【干二求】（kan-2，同擀，以手申
物）以及【干七喜】（han-7，衛也），跟北京語「保衛」、
「抵禦」是相同的。教育部《台灣閩南語常用辭典》會冒出來
「主持、掌管」及「用手扶著」的解釋，基本上就是張冠李戴，
應該是「按」才對。

「按」可以用在「管理」，管理一家公司的營運用「按公司」。管理帳務叫「按數」，例如：「互伊按數[1]我較放心（讓他管理帳務我比較放心）。」

　　「按盤」是指「操盤」，「按頭」是指「掌管」。都一樣當「管理」、「操作」、「經營」來解釋。

　　機車或腳踏車的方向盤用扶的，轉彎的時候較單純，只要扭一下。但是汽車的方向盤是圓形，轉彎是要轉圈圈，所以操作汽車方向盤也說「紡ハンドル」。「紡」原來是將絲、麻或是棉的纖維抽成線紗，過程需要轉動紡紗機上的轉輪。後來由紡紗的動作引伸為轉動的意思，例如：「電風紡足緊（電風扇轉動得很快）。」

　　「紡」又再引申為「處理」，通常用在負面情境，表示事情難以處理，例如：「這聲事誌歹紡矣（這下子事情難處理了）。」它常用在財務上周轉困難，稱「紡未過」。

　　小兒子考汽車駕照前要我陪他再練習一下，我突然想起我坐過家裡每個人開的車，就是沒坐過媽媽開的車。媽媽年輕的時候就會騎摩托車，那個時代女生騎摩托車在路上都會引起其他司機吹口哨，經過村子也都會有小朋友跑出來看。以她的年紀會開車也是算很新潮，她常常開車載朋友出門或去參加會議。可是很奇怪的是我沒搭過她開的車，沒看過她「紡ハンドル」的英姿。

本文拼音參考 ·

漢字	十五音	羅馬音	台羅拼音	台語同音字
按	干三英	àn	àn	--
	官七喜	hoaⁿ-7	huānn	岸
扞	干二求	kán	kán	簡
	干七喜	hān	hān	汗、瀚
紡	江二頗	pháng	pháng	--

後記 ·

　　陳先生說：「在這裏的『按』我們是都唸（hoan-7）（同『海岸』的『岸』），不曾唸（an-3）。」是的，在這個地方唸hoan-7；在「按照」這個詞的時候會唸an-3。

注釋

1. 「數」指「帳」，請參考207篇〈討債〉。

210
無才

　　2019年底，高雄市長韓國瑜參加總統選舉時，上了一個知名脫口秀節目，節目結束前突然向主持人挑戰「用膝蓋走路」，引起很多人按倒讚。不論韓國瑜當初的起心動念，也不用去討論是否媒體有風向操作，但就他在公開場合（也算是不一樣的政見說明）做這樣的事，許多人認為不適當（主要是因為肢體動作有點好笑），特別是韓國瑜要選的是總統，他這樣的舉動可能會被我媽罵「無才」！

　　我們對「無才」兩個字的第一個反應可能是「女子無才便是德」。這句話的意思好像是希望女人越笨越好，不過這應該是錯的。要記得原本有一句「男子有德便是才」，它在強調「德性」的重要，要男人以德行為首要，並不是在說才幹不重要；而女子要「無才」，基本上是「內隱」的概念，這個「無」字是動詞，是「本有而無之」的意思，也就是「本來有才，但心裡卻自視若無」的意思，不要好表現，跟「無我」、「無物」、「無念」是同一個用法。（男女平等的時代，這想法還是要修正一下。）

　　「才」是「才能」，台語叫「才調」或「才情」。

　　「才調」是指「本事、能力」，例：「伊真有才調，律師牌

一擺就考過（他很有本事，律師牌照一次就考到了）！」

「才情」指人的才華、本事、才能。例：「金水嬸仔三个後生攏誠有才情，毋是經理，就是董事長。（金水嬸的三個兒子都很有才華，不是經理就是董事長）。」或當形容詞「有才華的」。例：「伊哪會遐才情（他怎麼那麼有才華）。」

「才」又可以分為「內才」與「外才」。「內才」是指「內涵」，一個人的內在修為、學識、才華。例：「伊足有內才兮（他很有內涵）。」有句話：「無內才，更嫌傢俬醜。」是指「自己沒有才能，卻嫌工具不好」，比喻為愛怪東怪西。

那「外才」是指外表嗎？抱歉，不是。「外才」是指對外的交際能力，口頭表達或待人接物等交際的本領。例如：「外才醜，內才好（口頭表達能力較差，但有內在才華）。」

原則上，「無才」是沒有「內才」、「外才」，但是，台語的「無才」通常是用來指一個人「言行輕浮，儀態不端」。例：「較正經咧，不通遐無才。（正經一點，不要吊兒郎當）。」不過「言行輕浮，儀態不端」是教育部的解釋，通常態度吊兒郎當或是的愛搞笑的小孩都會被罵「無才」，我也認為這太嚴厲了，愛搞笑和才能或品德是沒有相關性的。

古人也說：「搖人無才，搖豬無刣[1]。」意思是說：「搖擺不穩重的人，多無才氣；身體搖晃走路不穩的豬，多為病豬，不可殺來食用。」這句話在強調一個人外表穩重堅定的重要，這跟「男抖窮，女抖賤」有很相似的概念。倒是古時候這句話的完整說法聽說是「男抖窮，女抖賤，嘴鬆命夭」，意思是如果一個人管不住自己的嘴巴，喜歡搬弄是非，該說的也說，不該說的也

說，口不擇言，早晚有天禍事臨頭。

但古人說的話我們好像都忘了！「男子有德便是才」告訴我們「德」的重要，然而品行與操守並不是現今政治人物真正在意的，許多政客費盡心思的是如何攻擊對手的私德、努力揭他人瘡疤以求勝選，這樣真的不會讓台灣更好。

本文拼音參考。

漢字	十五音	羅馬音	台羅拼音	台語同音字
孬	乖四英	oaih	oaih	--

注釋

[1.] 「刣」字建議用「殺」。

211
二步七仔

　　電梯口遇到一個同事右手臂包了起來，他說他因為跌倒去看醫生照了X光，醫生說是脫臼，便用固定帶將他手臂綁緊固定，緊到會痛，如果再幾天沒改善他就要去看中醫。

　　他講的中醫其實就是所謂跌打損傷民俗療法的「國術館」。「國術館」原來應該是「武術館」，曾經是很盛行的一種行業，但是現在已經式微，我們拿西螺七崁的故事來說。

　　乾隆、嘉慶年間有張廖姓家族陸續播遷來台，輾轉定居在西螺地方（舊稱西螺堡，包括二崙、崙背一帶，北為今稱濁水溪的西螺溪，南為虎尾溪）從事農墾工作。但是因為台灣是清廷管不到的地方，台灣島內多械鬥，且盜匪橫行，打家劫舍的事層出不窮。張廖氏為了族人自保，便將二十五個聚落分為七崁，以犄角之勢守望相助，實施宗族連防自保的制度。

　　為了強化防禦力，練一些拳腳功夫是很重要的。隻身來台的少林武師劉明善（後人稱阿善師）被邀請到西螺開設武術館，傳授武術與醫術。之後武術館林立，盛極一時。「西螺七崁」講的就是阿善師傳授武藝的故事，還曾二度被拍成連續劇。它的主題曲至今令我印象深刻：「少林寺，阿善師，唐山過海台灣來，

收門徒，傳武藝，雙拳單刀打擂臺。頭崁是雙龍取水；二崁是五虎下山；三崁是犀牛望月；四崁是仙女紡紗；五崁是貂蟬照鏡；六崁是劉全進瓜；七崁是關公拖刀；狄青收寶馬。少林拳法無敵手，藥丹救世通人知，堂堂男兒好氣概，西螺七崁，錦龍海鳳七英才。」

　　當時習武風氣盛行，幾乎大大小小都會幾套拳法，加上他們有強烈的宗族一家的意識，因此盜匪不敢貿然行動，所以有「若無二步七仔，不敢過虎尾溪」的說法，意思是即使可以過西螺溪（今濁水溪），除非有兩把刷子，是不敢也沒辦法再往南過虎尾溪。從這句話推論當時習武保護家園財產是有成效的。

　　乙未割台後，這裡的居民也曾起來反抗日本人，由於各個武藝精湛，台灣總督府為除後患，全面禁止武館活動，不但不能教拳練武，還沒收兵器，於是武館轉為地下化，稱為「暗館」，到後來逐漸凋零。

　　雖然光復之後武術館重新開放，但是重文輕武的觀念讓大家都去念書，武術館因為沒人要習「武」，只能靠跌打損傷的「術」維持營運。我在想「武術館」多稱為「國術館」是不是也是因為「武」的實質被淡化造成名稱的變異。

　　關於二步七仔，網路上有人發表意見說：「二步七仔」是從北京語「二把刷子」來的，所以教育部把異用字寫為「二步拭仔」；也有人說臺灣人的完美數字是三，如果三個招數每個都練到九成精純，三九二十七，也相當不錯了，故二步七也算接近完美。這些都沒辦法令我信服。

　　有人說：「『二步七』本底的意思是歌仔戲的一項詼諧（身

段、招式）。後來引申義項，變做有『本事』。」

　　這是合理的說法。歌仔戲演員出台（出場）的時候，並非正面行走出台，而是以倒著走方式出場再轉身面對觀眾，這種戲曲界獨有的特殊二步七後退的出場方式俗稱「倒退擼[1]」，因此，「二步七仔」應該就是指「二步七後退」，意思是演員的功力達到可以上台的階段，但是不一定是臻熟，這跟在台語的用法是接近的。例如：「講著種花，伊更真正有二步七仔（說到種花他還真有點能耐）！」

　　正常來說，「二步七仔」四字都唸低平調，「有二步七仔」五個字也是。大部分都將「二」念文讀【居七入】（ji-7），也有念白話【裩七柳】（lng-7）[2]，但是比較少。如果是屬於歌仔戲的身段名，念文讀是合理，這也是證明三九二十七，「二點七步」解釋不合理的地方。

　　跟這句話近似的有一句：「無彼號鼎，哪敢允人煤彼號牛屎」。

本文拼音參考

漢字	十五音	羅馬音	台羅拼音	台語同音字
擼	龜七柳	lū	lū	慮
二	居七入	jī	jī	字
	裩七柳	lñg	nñg	卵
	姑七柳	loⁿ-7	loñ	--

1. 「攄」，做類似「推」的動作。例：「攄較邊仔咧（推往旁邊一點）。」或作推卸、推給別人。例：「這件事誌你莫攄互我（這件事情你不要推給我）。」
2. 「二」在《彙音寶鑑》中沒有我們普遍聽到的【裈七柳】（lng-7）的音，但是有【姑七柳】，這是泉州音，嘉義附近都這樣用。

212
伸縮

　　台灣獨立樂團「茄子蛋」2017年首張專輯「卡通人物」在2018年獲得第29屆金曲獎最佳台語專輯獎與最佳新人獎，之後的單曲「浪流連」、「浪子回頭」等也都有很好的成績。

　　他們有一首歌「這款自作多情」，一開始就唱著：

　　「伸勼佇烏烏暗暗卻迷人的世間，

　　結果是遙遠，無法來歇喘，看未著永遠。

　　若是你猶未覓著嫁尪的人選，我成全。」

　　「伸勼」可以當名詞也可以當動詞。名詞則是當「緩衝空間」來用，例如：「留一括伸勼」是指留一點緩衝伸縮的縫隙或空間，也就是「彈性」的意思。而它當動詞的時候就是指「伸長縮短」，也可引申為變通轉寰，例：「做人愛知影伸勼，才未得失人。」不過歌詞這一句「伸勼佇烏烏暗暗卻迷人的世間」得稍微想一下才比較容易理解作者要表達的意思，原因應該是語法結構的問題，這我們在《偕厝邊頭尾話仙》冊131篇〈阿嬤，錢互我〉有討論。不過，歌詞或新詩，本來就不一定合文法，否就太無趣了。

　　教育部的解釋：「勼」，縮小、收縮。例：「彼隻露螺的頭

勼入去殼內底矣（那隻蝸牛的頭縮進殼裡面去了）。」也可以當畏縮而退卻不前，例：「勼跤勼手」是表示「畏首畏尾」。

《廣韻》〈平聲〉尤韻小韻居求切：「勼，說文：聚也。」國語讀ㄐㄧㄡ，與「鳩」字同音。把它當「縮小、收縮」用，在台語應當讀kiu，跟表「縮」義的台語kiu的語音相同。然而因為字義本是「聚」，因此有人認為「勼」是訓讀字，本字另有其它字，並指出嫌疑犯包括「跔」、「跧」、「趜」或「拘」，還說其中以選用「跔」為佳。

既然沒有十足的把握，我們先用「勼」好了。台語的「勼水」就是北京語「縮水」的意思。「老倒勼」是指人年紀大了之後身高體型縮小衰弱的現象。「倒勼」也有「退縮」的意思，例如有人可能在事前信心滿滿，但是事到臨頭萌生退意，我們會說「勼轉去」。

「勼勼狹狹」是指「忸怩畏縮」，也常會說成「勼狹」。我記得小時候父親常常要我們膽子大一點，不要害怕、不要怯場，不要畏畏縮縮的，他都會說：「不通勼勼。」這有兩種意思，身體縮著，沒有抬頭挺胸，也叫「勼勼」，心裡不踏實，會怯場，不敢放手行動也叫「勼勼」。

我又在網路上看到一則討論說：「有人說把『伸縮』的台語寫成『伸勼』是很離譜的，應該是『抽退』。」這引起很多人反對，大部分的人都說是「伸勼」沒有錯，因為「伸」和「勼」是雙向，而「抽」和「退」是同一個方向。不過，我認為「抽」不一定是「退」，小朋友身高長高了我們說「抽高」，不是嗎？

有趣的是「勼」在字典裡寫的其實是【ㄐㄧ去】（khiu-1，

聚也）的音，不是我們平常說的【ㄐㄧ求】（kiu-1）的音；而
【ㄐㄧ求】有個字「縮」，收縮不伸也。

講了半天，也就是說「伸ㄅ」的台語應該寫為「伸縮」可
能比較適當，我整篇文章在講一個錯字。我可能要把頭「縮」起
來，不然我怕你會打我......

本文拼音參考。

漢字	十五音	羅馬音	台羅拼音	台語同音字
ㄅ	ㄐㄧ去	khiu	khiu	丘
縮	ㄐㄧ求	kiu	giu	--
	恭四時	siok	siok	宿、淑
	君一柳	lun	lun	--
踞	居一求	ku	ku	龜
抲	居一去	khi	khi	--
跔	居一去	khi	khi	--

213
老歲仔

　　語言是活的，會與時俱進，用白話說就是它會變，音可能會變、字也可能會變、意思也可能會變。因此，當我們在大聲評論所謂正確與否的時候，常常也需要靜下來反思「基準點」是什麼，我的意思是：一個在清朝是「正確」的說法在唐朝可能沒人這樣說；一個在春秋戰國時代用的字在明朝可能已經變了或被其他字取代並沿用至今。舉「青出於藍」來說，我們台語的「青」是「綠」，但照理說「青」應該是比藍還要深的藍色，「青天白日滿地紅」的「青天」是藍不是綠，景德鎮的「青花瓷」也是藍不是綠！可是在台語的「青」是「綠色」已經回不去了。即使在北京語，我們查《萌典》，它說「青」當顏色有三種解釋：1.綠色。唐朝劉禹錫〈陋室銘〉：「草色入簾青。」2.藍色。《荀子》〈勸學〉：「青取之於藍，而青於藍。」3.黑色。如：「玄青」。「青」到底什麼顏色呀？北京語比台語還亂！

　　又如現在的夫妻都以「老公」、「老婆」相稱，但是「老公（嫪公）」一詞在清朝卻是對太監的蔑稱。即使「老公」不是指「太監」，也不一定適合直接「翻譯」成台語。

　　台語的「老公仔」是指「老人」。記得小時候常常聽見「老

公仔標」，這是一個賣調味料的品牌，商標是創辦人陳葛老先生的照片圖像。我有個朋友在她二十幾歲剛結婚時就稱她先生為「老公仔」，而她先生當時也才三十不到，我覺得怪怪的。

對於年長的人，通常有「老人」、「老大人」、「老翁」等稱呼法，也有「老歲仔」的稱呼。有人說「老歲仔」是不禮貌的稱呼方式，我想可能是因為他們以為是「老廢仔」，那當然不好。台語也是個含蓄有禮貌的語言，「年紀大啊」或「老啊」用來自稱比較多，稱別人則是比較有禮貌的用「有歲」。

有時候也會聽到「老歲仔人」，這也是台語好玩的地方。我們稱小孩子為「囝仔」，也可以說「囝仔人」；小女生叫「查某囝仔」，也可以說「查某囝仔人」。應該說「XX仔」可以當名詞也可以當形容詞，但是加了「人」就只當名詞用。

除了這些比較直接與白話的稱呼，現在也還會聽到「耆老」的用法。在北京語裡，六十曰耆、七十曰老，耆老是指六七十歲的人。耄是八十、耋是九十，耄耋指年紀很大的人。台語「耆老」則是尊稱年紀大、地位顯貴或德行出眾的人。鄉下村子裡的活動時常會聽到，但是我們現在北京語除了寫文章，口語大概不會說。

我在英國念書時，碩士論文寫的是關於養老機構，我記得當時教授強調不要用Old這個字，要用Elderly，它是帶有敬意的對年老、上了年紀、年紀較大等的形容詞，這跟前面提到「老啊」與「有歲」是完全相同的概念。敬老尊賢是美德，所以我們也應該以恭敬的態度和用詞來稱呼他們。

本文拼音參考。

漢字	十五音	羅馬音	台羅拼音	台語同音字
歲	檜三喜	hoè	huè	貨
	檜三時	soè	suè	帥
耆	居五求	kî	kî	旗
耄	姑七門	bōn	mōo	冒
耋	堅八地	tia̍t	tia̍t	跌、徹

214
碌個嚳個

聽了一場介紹電動車發展趨勢以及台灣的強項的線上經貿演講，主持人說：「在軟體方面，有IC設計、車聯網、電路設計、影像處理、自動駕駛......離離落落，這麼多......。」

許多年輕人講話喜歡夾雜幾句台語，彷彿很跟得上流行，但是，就像我們在「鋩角」[1]一文所提到的，很多詞語都被用錯了。以這一句話來說，「離離落落」就是很多人戲稱「2266」的原文，是指「零零落落、七零八落、掉東掉西」，它在形容做事零亂而沒有條理，例：「我口試講曷離離落落，一定考未牢（我口試回答得零零落落，一定考不上）。」所以，主持人說：「台灣的ICT軟體產業有IC設計、車聯網、電路設計、影像處理、自動駕駛等，『七零八落、掉東掉西』，一大堆東西......」這樣的形容是很不適當的！

形容瑣碎事物有一個四字熟語：「哩哩硞硞」。這個主持人應該是想表達這個意思，但是誤用了「離離落落」。「硞」，【公八去】（khok-8）或【江四去】（khak-4），石聲也，也就是石頭相碰撞的聲音，硬的東西相撞也可以說「相硞」；因此，若是指東西多，收起來很雜，又因形狀不一，裝在袋子裡又容易

產生碰撞聲，寫成「離離硞硞」是可以考慮的。

有人把「離離硞硞」寫成「哩哩矻矻」。「矻」北京語音ㄎ
ㄨˋ，但台語音【巾四語】（git-4）或【君四去】（khut-4），
北京語和台語都當「勞苦」解釋，所以音義也都不符。

表達類似意思的詞還有「有的無的」、「硞個豎個」，甚至
用到「阿薩布魯」，都是在講「雜七雜八、有的沒的」；然而這
些詞，都是具有相當程度的貶意，並沒有尊敬的味道。

「有的無的」比較單純，和北京語「有的沒的」同義；「阿
薩布魯」我們在「古老溯古[2]」篇有提過。關於「硞個豎個」，
有位年輕作者說：「它原是『橐個束個』，這個詞忠實記錄了早
期台灣人將物品裝袋時的動作，台語在形容將物品裝進袋子裡的
動作為『橐』，把東西全都『橐起來』，所以袋子又稱為『橐
仔』；而更慎重其事時，則會用條繩子將袋口封起來，這動作為
『束』。後來『落個璅個』又因為聲調押韻，與『有的無的』承
接為上下句，也因此後來漸漸引申做為形容人的負面詞彙，也見
證了語言的生命力、與不斷擴張其義的無限可能性。」

我覺得還是不要隨便亂有創意！

台語的用字其實是細緻精確的，我們說過「牽眾賣某」不
是「牽罟賣某」[3]，因為這兩個網的大小不一樣。「囊橐」，盛
物的袋子，大稱囊，小稱橐。或稱有底面的叫囊，無底面的叫
橐。《詩經》〈大雅公劉〉：「迺裹餱糧，于橐于囊。」因此，
「橐」不是大袋子，也不能裝很多東西，要表達「有的沒的、雜
七雜八」並不適合。（附帶說明一下，衣服或褲子的口袋叫「橐
袋仔」；手套則稱為「手橐仔」：但兩個音不同。而「手囊」是

指袖套。)

　　「碌」，庸碌，「碌個」是指平庸之人。「豎」，所謂童僕未冠者，「豎個」基本上是指尚未成氣候的小朋友，因此「碌個豎個」泛稱眾多平庸之輩。這個說法比較可信，唯一的問題是「豎」音【居七時】（si-7）與【公八時】（sok-8）有異。

　　「落個瑣個」和「有的無的」那裡押韻？押北京語的韻？年輕人推廣台語很好，但是不要亂寫那些「有的無的」、「碌個豎個」的東西。

本文拼音參考。

漢字	十五音	羅馬音	台羅拼音	台語同音字
矻	巾四語	git	git	迄、吃
	君四去	khut	khut	屈
硞	公八去	khòk	khòk	--
	江四去	khak	khak	確
囊	公五柳	lông	lông	農
橐	公四柳	lok	lok	--
碌	公八柳	lòk	lòk	鹿
豎	居七時	sī	sī	是、寺

注釋
1. 請參考《偕厝邊頭尾話仙》冊103篇〈銼角〉。
2. 請參考《阿娘講的話》冊005篇〈古老溯古〉。
3. 請參考《阿娘講的話》冊039篇〈牽罟賣某牽爹纏腹肚〉。

215
水坌

　　許多地名跟當地的地形有關，其中有一個字還滿特別的—
「坌」。以前住過士林區的蘭雅里，這有條忠誠路。記得唸大學
的時候忠誠路有一排啤酒屋，一群同學會來這喝啤酒。有個在這
長大的同事說忠誠路剛建的時候路面比兩邊空地要高，因為擔心
地層下陷，這樣的擔心其來有自：「蘭雅」以前叫「湳仔」，是
指土質鬆軟。據記載：「乾隆年間開鑿湳雅以灌溉附近一帶水
田，湳雅即湳仔，意即土質不堅之處，台灣光復後命名為『蘭雅
里』」。

　　台中有個水湳，水湳的地名，源起於早期聚落四周被八寶圳
支線圍繞，排水不良，土質鬆軟，水湳的名稱因此而來。

　　昨天剛好經過板橋的「湳仔溝」，維基百科上說：「在地
形地貌上，所謂的『湳仔』即為沖積區、沼澤地區或溼地，『湳
仔』為近湳仔溝下游右岸部份，意指到處都是沼澤。現今地名
『湳雅』、『南雅』即來自原名『湳仔』的閩南語發音。」

　　教育部《台灣閩南語常用辭典》中，「湳」是指「泥濘地、
爛泥地」，例：「牽龜落湳（把烏龜牽到爛泥裡，讓牠陷在其
中）」是比喻把人帶去做壞事，並讓他愈陷愈深。也可以當形容

詞，「泥濘的、爛泥的」，指有很深的泥沙，不好走。例：「這條路真湳（這條路很泥濘）。」。

有類似意思的地名還很多，但是他們寫的是「坔」字，包括嘉義縣梅山鄉的坔埔、民雄鄉的鴨母坔、台南市鹽水區的坔頭港、學甲區的草坔、高雄鳥松的坔埔山。《彙音寶鑑》中「湳」讀做【甘二柳】（lam-2），解釋是「地名」；而「坔」，【甘三柳】（lam-3），解釋說「俗云坔田」。所以，或許台中「水湳機場」應該寫為「水坔機場」。

「坔」在北京語讀作「ㄉㄧˋ」。《戰國策》〈校注卷六〉記載：「坔乃古地字」；遼釋行均編《漢字字典龍龕手鑑》：「坔墬坔三古文音地」；也就是說「坔」本來是「地」。到清康熙六十一年，黃叔璥《台海使槎錄》卷二寫道：「大武郡數處平地湧泉，浸溢數里，土人謂之水坔。坔，土音濫，字典中無此字。」或許，這是「坔」自從「土地」便成「爛泥巴地」的開始。之後的字典也就把「坔」解釋為土質鬆軟、潮濕泥濘之地。

不過，如果是從「土質不堅」的「不堅」來想，【甘二柳】有個字「㽞」，解釋是「無力曰㽞」。

「㽞」也讀作【堅一柳】（lian-1），讓我想起植物枯萎或樹葉乾枯我們說【堅一柳】，教育部的建議用字是「蔫」，枯萎、乾枯。例：「花蔫去（花枯了）。」或因乾枯而捲起。例：「鰇魚烘無偌久就會蔫（魷魚烤沒多久就會乾掉捲起來）。」不過，「蔫」在《彙音寶鑑》標為【堅一英】（ian-1）的音。

有個糊塗了的感覺：我們現在平常說的、認為對的，都有可能是已經走樣的⋯⋯

本文拼音參考。———————————————————

漢字	十五音	羅馬音	台羅拼音	台語同音字
渿	甘二柳	lám	lám	覽
坔	甘三柳	làm	làm	--
臁	甘二柳	lám	lám	覽
	堅一柳	lian	lian	--
蔫	堅一英	ian	ian	焉

216
自作自專

第212篇〈伸縮〉講到「茄子蛋」樂團的「這款自作多情」,
這首歌的後半段唱道:

「這是一個自作多情的時代,這是一個自作多情的所在。

這是咱的愛情(命運來創治);

這款躊躇的人生(拚死愛你像戰爭);

攏是我自作自端,我是歡喜又甘願;

無你;

希望你會聽著我破碎的心。」

歌曲是學習語言很好的方式,台語歌曲當然是學習台語很好
的工具,許多不會講台語的人都可以唱台語歌,包括外省人或外
國人。所以,像「茄子蛋」樂團作台語歌,唱台語歌,又深受年
輕層喜愛,對台語的推廣會有很大的幫助。

但是,也正因為他們會有很大的影響力,因此應該更要特
別注意歌詞的正確性。我們在〈鎅角〉[1]和〈大碗更滿墘〉[2]都提
到很多語詞的原意和現在的用法都有點「走精[3]」,這是我們覺
得需要被留意、被避免的。像這首歌中「這款躊躇的人生」這一
句,「糟蹋」是個及物動詞,把「糟蹋的」變成一個形容詞我是

看不太懂。

　　還有一個「自作自端」。我覺得他要寫的應該是「自作自專」，依照歌詞的下一句「歡喜甘願」，那就是他「自作主張」，所以「自作自專」是合理的。「自作自專」是擅作主張、獨斷獨行的意思。「專」有「集中心志、一心一意」、「單獨的」、「特別的」、「獨佔、把持」等的意思，想成「專制」的用法就容易理解。

　　而「端」用來指事物的兩頭或開始，或作「項目」、「方面」，也當「正直」、「以手托物」或「到底」、「究竟」，難以解釋什麼是「自作自端」。不過茄子蛋唱「自作自端」也不能說他離譜，可能是發音近似使然，它已經被說走音很久了。

　　有一個意思近似的詞—「大主大意」，它也是「擅作主張」，指「不聽從、不遵守上級或長輩的指示，擅自做決定」的意思，例：「啥人叫你大主大意做這件事誌（誰叫你擅作主張做這件事）？」

　　不過「自作自專」與「大主大意」雖然近似，但我認為還是有點些微的差異，「自作自專」在某個程度上是用有決策權的，只是他不聽別人的意見；但是「大主大意」就比較常用在越權處理。

　　茄子蛋這首歌最後一句「無你；希望你會聽著我破碎的心。」歌詞原來沒有標點符號，但是我打了個分號。台語常常會說：「無你是要安怎？」或「無另工再講！」這裡的「無」是「不然」的意思，因此嚴格來說他應該加一個逗點：「無，你是要安怎？」或「無，另工再講！」比較容易懂。

歌詞這句「無你」是單純指「沒有你」的意思，所以打個分號，不要跟後面那一句混在一起。而對於最後一句，就不要再用理性去分析了，不然我們會很難欣賞新詩或歌詞的美。

本文拼音參考。

漢字	十五音	羅馬音	台羅拼音	台語同音字
端	觀一地	toan	tuan	耑
專	觀一曾	choan	tsuan	--

注釋

1. 請參考《佮厝邊頭尾話仙》冊103篇〈鋩角〉。
2. 請參考《阿娘講的話》冊037篇〈儉更有力，大碗更滿墘〉。
3. 請參考《佮厝邊頭尾話仙》冊171篇〈應佝四配〉。

217
叫電

　　我外婆不識字，神奇的是她竟有辦法辨識公車號碼，正確地搭乘市區公車。小時候我們村子有高雄客運巴士經過，她會搭這車到高雄再轉市區公車去找我姨婆。

　　認得公車也就罷了，最妙的是她的抽屜有一張一張的小紙頭，每一張寫著一個人的電話號碼，她不記得號碼，紙頭上也沒寫名字，但是她就是知道哪一張是誰。有時候她會拿著一張電話號碼紙條叫我幫她打電話。

　　打電話的台語現在大家都說「拍電話」，因為北京語的「打」在台語是「拍」。其實我對「打電話」為何是「打」納悶了很久，直到有一天實在受不了公司的人對於「開會」要說「打合」這件事，我才去查。

　　「打合」其實是日文的「打ち合わせ（うちあわせ）」，意思是協商、協議。

　　但是它不只是日文，它也是北京語，解釋為「融合、結合」或「慫恿、拉攏」，或是「拼湊」[1]，跟日文的意思完全不一樣。

　　不過，「打」這字還滿有趣的，字典的解釋有幾十種，基本上我認為它可以用來表示進行一種動作或是「使用」一種工具，

因此，「打掃」就是「掃」，「打包」就是「包」，「打消」就是「消」；然後「打算盤」就是「用算盤」、「打電話」就是「用電話」。（請不要以此類推「打火」就是「用火」，剛剛說了，它有數十種解釋。）

除了「打電話」，早期大家都會說「搖電話」、「敲電話」或「摃電話」，甚至教育部《台灣閩南語常用辭典》也收錄「鼓電話」。

「搖電話」是因為在轉盤撥號電話之前的舊式電話時代，要撥打電話時需要先轉動手搖桿發出信號跟交換機接線人員取得聯繫後，再請接線人員幫忙接通指定的號碼，所以打電話要先搖，叫「搖電話」。

有人說「敲電話」，例如：「伊有敲電話來請假（他有打電話過來請假）。」關於「敲電話」，有人說「敲」是從日文「掛ける」來的。日文打電話動詞「掛ける」唸做Kakeru，取Ka的音變成台語的「敲」。也或許是因為這樣，也有人稱打電話為「掛電話」。只是這個說法並不可信，因為「敲」台語音是【交一去】（khau-1），初一十五廟裡「敲鐘擂鼓」就是這個音。而台語接近Ka的音其實是「扣」這個字，【膠三去】（kha-3，擊也）。所以就算是因為Kakeru而來，也應該是寫為「扣」，不是「敲」。

從歷史演變來看，沒有電話的時代，除了寫信，最快的溝通工具是電報，當時打電報叫「摃電報」，簡稱「摃電」，晚期有電話後沿用「摃」字，所以也說「摃電話」。無論如何，「敲」或「扣」或是「摃」，還有「打」，這四個動詞基本上相似，古

代沒有這個詞，所以都對。

我開始回想以前人們撥電話的場景：

左手扶著電話機，右手旋轉搖桿，等接線人員從另一頭接起電話，你跟他說：「請幫我接34號。」然後，接線人員會先通知對方，對方的電話會響，接線人員會跟他說有人要找他，然後再幫你你們串再一起。

「請幫我接34號。」的「接」是較文雅的說法，有些人會說「我要叫34號！」所以，也有「叫」的用法。

而我外婆常說的，就是「叫電話」的簡稱──「叫電」。

本文拼音參考。

漢字	十五音	羅馬音	台羅拼音	台語同音字
敲	交一去	khau	khau	鬮、尻
摃	公三求	kòng	kòng	貢
扣	膠三去	khà	khà	--
	交三去	khàu	khàu	哭
	沽三去	khò	khòo	庫
掛	瓜三去	khòa	khòa	罣

註釋

1. 北京語打合的解釋與出處：
(1) 融合；結合。《朱子語類》〈卷一〉：「又問天地會壞否？曰：不會壞。只是相將人無道極了，便一齊打合，混沌一番。」宋無名氏《張協狀元》戲文第五二出：「五百年前是姻緣，君今打合成一對。」
(2) 慫恿；拉攏。元吳昌齡《張天師》〈第三折〉：「天師云：『莫不是你桃花打合的他來么？』」《醒世恆言》〈陳孝基陳留認舅〉：「自古道：物以類聚。過邊性喜遊蕩，就有一班浮浪子弟引誘打合。」又，《天雨花》〈第五回〉：「……天敘暗想，這人倒是一個好主兒，打合他入伙方妙。」
(3) 拼湊。宋葉紹翁《四朝聞見錄》〈楊和王相字〉：「司帑者乘間白王曰：『恩王前日曾批押予相字者錢五百萬，有之乎？』王曰：『是，是。』……司帑進曰：『某以非恩王押字拒之，眾人打合五十千與之去矣。』」

218
食市

　　Apple（蘋果）手機每年推出新款，許多「果粉」都會追新機，不像我iPhone 7已經用了好幾年都捨不得換，其實不是捨不得舊機，是因為新機太貴！

　　過去幾年，新手機出來都很「食市」。「食市」有兩個意思，一是「暢銷的、搶手的」，例：「這塊唱片這嘛真食市（這張唱片現在很暢銷）。」另一個意思是形容營業地點人多熱鬧、貨物吸引顧客，生意很興旺的，例：「店面開佇三角窗較食市（開店要在路的轉角，生意才會好）。」

　　除了產品和店面，宣傳也很重要，「有明星咧鬥宣傳，這支胭脂加（多）[1]足搶市（有明星在代言，這款口紅暢銷多了）。」這裡「搶市」是指產品很暢銷、搶手。而銷售好到供不應求，就稱為「未赴市」；其實，「未赴市」也不只用在來不及賣，產品生產來不及、趕不上銷售時機，都可以用到這個詞，例：「天要暗矣，無較緊咧，就袂赴市矣（天色將晚，不快一點，就來不及了）。」

　　反之，如果市場交易不熱絡，我們說「軟市」，跟「市場疲軟」類似，例：「菜市仔到要晝仔較軟市（菜市場到接近中午的

時候交易比較不熱絡）。」

　　而更差的狀況我們稱為「敗市」，貨品不易銷售，甚至導致價格慘跌，例：「今仔日就是敗市，不才會賣這俗（今天因為滯銷，所以才會賣這麼便宜）。」

　　商人做生意，市場景氣與買賣的情況最為重要，這「市場」我們稱為「市草」，例：「最近市草好無（最近市況好不好）？」

　　「草」除了泛稱所有的草本植物，也當名詞後綴，表示「狀況、程度」的意思。「市草」指商業市場上的交易狀況、「漢草」指身材、塊頭、體格，例：「伊的漢草真好（他的體格真好）。」「路草」指路徑、路況，例：「路草無熟，勿通焉人距山（路況不熟，不可以帶隊爬山）。」而「花草」指的是顏色花樣。至於貨品的外觀、品質、質量稱為「貨草」，例：「這主的貨草未醜（這家的貨色還不錯）。」

　　市場除了依照營業時間分為早市、黃昏市、夜市，經營型態不同也有「武市」與「文市」的差別。一般的定義，「武市」是指經營者須主動出擊開發客戶的批發生意，附帶送貨服務，如批發商、盤商、工程行、製造業等，較重視主動做市場開發、客戶開發的。「文市」則泛指開創專門櫃或專賣店的零售生意，如銀樓、服飾、美容美髮、眼鏡行、文具書局、補習班、安親班、小吃餐飲、百貨超市、診所、彩券行等，通常門市著重設立於商區、鬧區，客戶自動上門。

　　高中的時候買腳踏車，同學說去「賊仔市」買，因為會比較便宜。我本來以為「賊仔市」就是交易贓物的市場，其實是指舊

貨市場或是現在稱的跳蚤市場。

註釋 ————————————————————————

1. 有建議用「圭」字的說法，另文討論。

219
鋟蚵仔

中秋連假返鄉，吃過午餐懶懶地躺在客廳沙發看電視，看到一段北門區三寮灣東隆宮樹仔腳蚵炱[1]和粉粿的報導，決定下午過去買回來享受家鄉地方味。

將軍溪出海口的南側是馬沙溝，北側是蘆竹溝，《阿娘講的話》冊056篇〈馬沙溝〉有提到這地名由來，但是我覺得可能都是「海溝」的緣故，將軍溪古稱「蘆溪」，舊時溪邊都是蘆竹因而得名，附近有個「蘆竹溝」也就不難想像。

蘆竹溝有個小漁港，以前很多人在這僱竹筏出海釣魚，現在有一片牡蠣養殖場。海上一排排的蚵架，在夕陽的映照下，別有一番風味，特別是十月黑腹燕鷗路過時，常有各地賞鳥客前來。

這個村子很多人都養蚵，家家戶戶屋旁都堆滿的蚵殼。蚵是被蚵殼緊密包覆，要吃牠還得費點勁，將蚵殼撥開。剝蚵殼的工具北京語叫「蚵刀」，長的很像鑿子，台語叫「蚵鋟仔」，挖牡蠣的動作叫「鋟」，【金二出】（chhim-2，刻板）。（「鋟」在北京語是當動詞「刻」的意思，例如：「鋟木是刻書版，也指刻版印書」。）

這裡產蚵，但是不流行吃「蚵仔煎」，我們吃「蚵炱[1]」。

我到蘆竹溝東邊的三寮灣買蚵嗲，跟老闆娘說我是看電視來的，她問我看的是哪一台？（因為來報導過得太多了。）我說是從台北回來，今天中午剛好看到的，但是沒注意是哪一台。她說她已經炸五十一年的蚵嗲了，現在交給她兒子做；我看她兒子細心熟練地將高麗菜和蚵仔混勻，用他大大的手掌抓起餡料壓在平板勺子，料好實在，蚵仔又新鮮，難怪生意好。

　　將軍溪南邊的馬沙溝也有一個漁港，村子有捕魚也有種蚵的，附近還有魚塭，以前這裡虱目魚養殖風氣很盛，我堂姊夫每天早上都吃虱目魚肚粥當早餐，聽說數十年如一日。虱目魚魚刺很多，為了方便食用，特別是做魚肚粥用的，都會先將魚刺拔掉，拔魚刺要沿中間脊骨切開，拿起主幹魚刺，再一根一根拔除其他的小刺，據說一條虱目魚有220～266根魚刺，要快速拔完魚刺是需要功夫的。這樣拔魚刺的動作叫「拈」。「拈」音【兼一柳】（liam-1），拈取物也。

　　如果是魚皮，那就是用「剝」的，跟所謂「剝皮寮」的「剝」是一樣的。烏賊身體裡有個舟型石灰質內殼台語叫它「船」，將它取出也叫「剝」。把一幅畫從畫框中拿出來，或是把掛在牆上的畫拿下來、把招牌拆下來，都用「剝」。「剝」，【江四邊】（pak-4），落也、割也。

　　但是吃螃蟹要「擘」開牠的身體，以及吃橘子先「擘」皮，則是用「擘」。「擘」，【嘉四邊】（peh-4），擘開也。

　　我點的蚵嗲炸好後，老闆娘的兒子每一塊用一個小紙袋裝起來，他多裝了一塊，他說他媽媽交代多送我一塊包肉的。包肉的我們也叫「肉嗲」，如果不要牡蠣也不要肉，那就叫「菜嗲」。

你也可以點肉和牡蠣混著的，但是你不要跟我說要「芋仔」的，很多人「蚵仔」和「芋仔」分不清楚。

　　有時候，我們吃的不只是食物，還是家鄉味、是回憶，也是一種土地的親、人的親。

本文拼音參考 ◆━━━━━━━━━━━━━

漢字	十五音	羅馬音	台羅拼音	台語同音字
鋟	金二出	chhím	tshím	寢
拈	兼一柳	liam	liam	跕
剝	江四邊	pak	pak	北、腹
擘	嘉四邊	peh	peh	伯、百
蚵	高五英	ô	ô	蠔
芋	沽七英	ōo	ōo	--
	居五英	î	î	移、夷

註釋 ━━━━━━━━━━━━━
1. 「蚵臭」是一般寫為「蚵嗲」的小吃，請參《偕厝邊頭尾話仙》冊144篇〈蚵臭與鋟冰〉。

220
拈捻捏

219篇〈錟蚵仔〉聊到拔魚刺的動作叫「拈」。「拈」音【兼一柳】（liam-1）或【兼五柳】（liam-5），意思是「拈取物也」，也用在「拈香」、「拈鬮」，或「拈田嬰」。

它另一個音【梔一柳】（liⁿ-1），是用手指輕輕地取物，例：「偷拈（偷偷取物）。」一般來說，小的東西需要用兩根手指夾起撿拾，例如媽媽作好的菜擺在桌上，你等不及開飯就想偷吃，不用筷子夾，用手指拿一小塊起來，或者是地上有個小紙屑或是小樹葉要把它撿起來，手的這動作就叫「拈」。

跟這動作很像的是「捻」，但是不太一樣。「捻」，【兼三柳】（liam-3），字典解釋是「兩指相搓，捻肉也，也就是北京語的「捏、擰」，例：「出力對大腿加伊捻落去（對著大腿用力捏下去）。」或「捻喙䫌（捏臉頰）」。

「捻」也當「摘取、折取」，是指摘取植物的莖、花朵等，例：「捻菜（摘菜）、捻花（摘花）」。此外，用手指頭將東西捏取一小塊下來也是，例：「我想要捻一塊粿來食看覓（我想要捏取一塊糕來吃看看）。」所以，「捻」有從原本完整的拿取一部份的意思，雖然「捻喙䫌（捏臉頰）」並沒有真的要將你的臉

頰捏下來，但是意思到了。

　　從這我們可以知道，吃虱目魚的時候，只吃魚肚的部位，叫「虱目魚捻肚」，就是取其「摘取」的意思，因為去頭去尾，又把上面背脊拿掉，只摘取魚腹。

　　另外，植物的果實和莖或枝相連接的部位也稱為「捻」。例：「高麗菜捻」（高麗菜的莖頭）。蔬果的一片或有稜角蔬果的一稜。例：「一捻芳瓜（一片香瓜）」或「一粒楊桃有六捻」。甚至它也可以當計算成把的或成串的蔬菜、果實的單位，例：「兩捻龍眼（兩串龍眼）」（或稱兩葩龍眼），但是這用法已不常聽見。

　　關於北京語的「捏」，在台語則是唸為【兼四柳】（liap-4）。它的原意是用手指將軟東西搓捻成某種形狀。例：「捏土尪仔（捏製土偶）。」這跟北京語的「捏麵人」是完全相同的用法。而它有另一個引申的意思是指父母辛勤照顧子女，養大成人，例：「爸母辛辛苦苦加你捏大漢（父母辛辛苦苦照顧你到大）。」

　　以上這幾個字，都是柳聲兼韻，包括了第一、三、四、五、八音，意思都很接近，其實是有重複，像《彙音寶鑑》中【兼八柳】的「捻」就解釋為「捏也」，真的是有點讓人覺得糊塗。

本文拼音參考。

漢字	十五音	羅馬音	台羅拼音	台語同音字
拈	兼一柳	liam	liam	踮
	兼五柳	liâm	liâm	黏

漢字	十五音	羅馬音	台羅拼音	台語同音字
	梔一柳	li^n-1	linn	--
捻	兼三柳	liàm	liàm	--
	兼八柳	liàp	liàp	粒
捏	兼四柳	liap	liap	攝
	兼八柳	liàp	liàp	粒

後記。

　　林小姐問道：「拈鬮是什麼啊？」

　　「拈鬮」其實就是指抽籤決定事情，台語比較常用的是「抽鬮」。

221

黃梔

繼續把買蚵爰的故事講完。

這個賣蚵爰的攤子擺在廟前廣場一棵大榕樹下，所以雖然她有名稱「秀碧蚵嗲」，但是一般人都稱它「榕仔跤蚵爰」。

榕仔跤蚵爰除了蚵爰還賣粉粿。粉粿跟涼粉很像，它是用番薯粉做成的粿類食品。現在的粉粿顏色沒有以前的黃，可能是為了要彰顯沒有添加色素，其實以前的粉粿之所以黃是因為加了黃梔。

黃梔子花是常綠灌木或小喬木，高約三公尺，花瓣六枚，氣味幽香，初開時為白色，花謝時漸轉為乳黃色。果實俗稱山梔子，可作為黃色染料而得名，亦可入藥。「梔」音【梔ㄧ求】（ ki^n-1）（有鼻音，但是教育部《台灣閩南語常用辭典》的標音是ki-1，沒有鼻音。）

粉粿沒有什麼味道，所以通常拌糖水吃，可以吃熱的，也可以吃冰的。小時候吃的冰，有時候就會加粉粿、粉條[1]或粉圓。

台語有很多這樣的狀況使得我們常常會不知所措。我們唸對音卻會想不透該怎麼寫，寫對了卻又會懷疑是不是唸走音了？我們曾在〈偕厝邊頭尾話仙〉冊136篇〈鹹汫〉談到搞混的用字

「鹽、塩、鹹」，這還有一個「焿」和「羹」。

「焿」，【經一求】、【梔一求】（ki^n-1）；

「䰞」，【經一求】（ke^n-1）；

「羹」，【經一求】（ke^n-1）。

有一個跟「梔」【梔一求】同音的字「䰞」。「䰞粽」就是我們平常講的「鹼粽」，一種在糯米中摻鹼粉、鹼油而製成的粽子，呈金黃色。香港稱鹼水粽。這種粽子不包餡料，通常沾蜂蜜或糖漿吃，因此也叫「甜粽」。《維基百科》上說：台灣稱「焿粽」。《彙音寶鑑》上說「䰞」，以此為粽或以浣衣。另外，「焿」同「䰞」，所以「焿粽」或「䰞粽」都對。而「焿」兩個音【經一求】（keng-1）、【梔一求】（ki^n-1）都是「䰞」。有趣的是說文解字並沒有收錄「焿」這個字，而維基辭典說：「焿」是「羹」的異體字，為臺灣本地自創的形聲俗字。

「羹」有一個【經一求】的音，跟「焿」一樣，也有【更一求】的音。所以，理論上台南有名的「土魠魚焿」應該要寫「土魠魚羹」才對。原來，弄了個「焿」當「䰞」用，又因為讀音的關係，把「焿」搞成「羹」。也就是說本來沒有「焿」這個字，就算被發明後，「焿」也不是當「羹」用，但是，現在「正確」寫法已經變成「土魠魚焿」了。（會不會覺得頭昏？）

有一種「九層糕」，帶有黑糖香氣甜甜Q彈的糕粿，顏色深淺交錯九層故而得名。為了製成一深一淺的層次與黏著度，它必須抓好每一層粉漿倒入的時間。「九層糕」[2]台語一般以「九重粿」稱呼，又因為它的顏色與「甜粿（年糕）」接近，所以有人都叫它「九甜粿」。說真的，不論是「九層糕」、「九重粿」或

「九甜粿」，好像都說得過去。

聽說「九層糕」是客家人在農曆過年和重陽節品嚐的食品，做九層是因為「九」與「久」同音，如同天長地久、長命百歲，「九層堆疊」隱喻步步高陞。其實，它真的蠻好吃的，管它是不是有步步高升。

呵呵，故事到底說到哪去了？下次再說吧，沒吃到粉粿，因為中午就賣完了。

本文拼音參考

漢字	十五音	羅馬音	台羅拼音	台語同音字
梔	梔一求	kiⁿ	kinn	更、烓
條	嬌五地	tiâu	tiâu	調、朝
	嬌五柳	liâu	liâu	遼、聊、寮
烓	梔一求	kiⁿ	kinn	梔
	經一求	keng	king	經、莖
羹	更一求	keⁿ	kenn	庚、耕
層	經五曾	chêng	tsîng	情
	干五曾	chên	tsân	殘

後記

鄭先生留言說：「梔子，為何台語叫ng-kinn-á？因為果實會出黃（ng）色的鹼（kinn）。」

這樣的說法好像它們兩是同一個玩意兒，嗯，又多了一件待查的事。

1. 「條」,一般熟悉的是【嬌五地】(tiau-5)的音,當量詞一條兩條都是這個音。不過,它還有一個音【爻五柳】(liau-5),「椅條」要說成「椅聊」,「旗袍」的台語叫「長條」,也要講成「長聊」的音。

2. 「層」,【經五曾】(cheng-5,同「情」音)或【干五曾】(chen-5,同「殘」音);「重」【經五地】(teng-5),參考〈阿娘講的話〉冊076篇「重誕唐突」。

222
消水

今年柚子開花期沒有風災，因此秋天柚子大豐收。中秋節前朋友寄來一箱柚子，交代要過幾天等「消水」再吃。

通常我們買水果的時候都要挑沉一點、重一點的，這種水分比較多，一般稱為「飽水」。依照教育部的解釋，「飽水」是形容水果、蔬菜等飽含水分的樣子，例：「這粒梨仔真飽水（這顆梨子飽含水分）。」水果如果水分不夠通常不會好吃，像橘子，若是沒水分，撥開是乾的，我們稱「柴瓣」。

「柴」，【膠五出】（chha-5）與【皆五出】（chhai-5），除了名詞，可以當形容詞，意思是「生硬的、遲鈍的」，例：「伊寫的字柴柴（他的字很生硬呆板）。」

「瓣」這個字在《彙音寶鑑》收的音是【堅七邊】（pian-7）與【干七邊】（pan-7），但是我們都唸【干七門】（ban-7）的音，教育部《台灣閩南語常用辭典》也是標bān的音，與「萬」、「慢」台語音同，所以才會有「我互你五瓣（萬），柑仔瓣」的詼諧說法。

「飽水」也用在比喻年輕力壯。例：「少年人當飽水，較有氣力（年輕人正當年輕力壯，力氣較大）。」它也用來比喻錢

多，例：「伊橐袋仔飽水，對朋友真慷慨（他荷包滿滿，對朋友很慷慨）。」

柚子當然也要挑「飽水」的，但是要等「消水」才吃。水果失去水分稱為「消水」，有些瓜果的水分消失掉一些吃起來就比較甜，所以「柚仔园互消水才食」。[1]

「消水」也可以說成「收水」，也是指物體內部的水分慢慢消失掉，例：「番薯园咧互伊收水了後，食著較甜（番薯放一陣子，水分少一點以後，吃起來比較甜）。」

「失水」指缺乏水分、水分蒸發，比較常用在植物土壤的水分蒸發過於乾燥。

「過水」這個詞算很特別。「過水」，可以指過溪、過江，「水」泛指溪流；也可以當作是「用水燙一下」。

「過水」也可以作「滲水、透水」，例：「醜的粗瓷會過水（不好的陶器會滲水）。」這「水」就是指一般正常普通的水。

「過水」也當「過熟」，例：「果子無採收，攏過水去矣（水果沒採收，都過熟了）。」所以，「夠水」就好，農作物不要種到「過水」，畜養的家畜體重到達可賣的標準，「夠水」就好，不要養到「過水」，例：「雞大到夠水，會使殺矣（雞已成熟，可宰殺了）。」因此，「水」當成熟的意思使用。我還記的以前有人稱「這一窩豬」為「這一水」。

如果有機會一起打麻將，還希望您高抬貴手，多多「過水」。

本文拼音參考

漢字	十五音	羅馬音	台羅拼音	台語同音字
柴	膠五出	chhâ	tshâ	查
	皆五出	chhâi	tsâi	纔
辮	堅七邊	piān	piān	便
	干七邊	pān	pān	辦
	門七邊	bān	bān	萬

後記

黃小姐補充:「也有人說『辭水』」。

註釋

1. 「消水」也用在「排水、通水」。例如「消水溝」也就是排水溝。

223

軟略

　　對面學校的操場每天早上都有幾位勤於運動健身的長輩去走路、慢跑、練功，運動完大家會在樹下休息、聊聊天，操場旁還有些運動器材可以讓他們拉拉筋，舒展一下。有一次看到一位九十高齡的阿姨，運動完在做站立曲體前彎，身體還是很「軟略」。

　　「軟略」是形容骨頭柔軟而有彈性，一般狀況人老了，骨頭會僵硬；如果身體柔軟、曲度大，我們會用「軟略」來形容。

　　「軟」有三個音，【觀二柳】（loan-2），打完針揉一揉，這個揉的動作叫「軟」，用這個音，【君七柳】（lun-7），軟餅。另一個【裩二柳】（Ing-2），就是平常較常用的，「軟略」也是用這個音，是柔軟的意思。

　　「軟洄」可以指人的個性軟弱，也可以指身體上的脆弱，例：「伊實在真軟洄，互人講兩句仔就流目屎矣（她實在很軟弱，被別人說兩句就掉眼淚了）。」基本上等於「軟弱」；又例：「伊真軟洄¹，走無一時仔久就哼哼呻（他真軟弱，跑不了多久就哇哇叫）。」

　　「落軟」是指強硬或倔強的態度變緩和、軟化，例：「伊

已經落軟矣，你就原諒伊（他的態度已經軟化了，你就原諒他）。」

「軟心」就是「心軟」。形容感情柔弱，易受外界事物影響而動搖意志，例：「伊誠軟心，你加拜託伊會加你鬥相共（他心腸很軟，你拜託他，他會幫你忙）。」

上面幾個詞，大概都還容易猜，但是傍晚陽光轉弱的時候叫「軟晡」就有點難度了，例：「等軟晡才來去買果子（等傍晚再去買水果）。」

「略」，三個音，【姜八柳】（liak-8），簡略、忽略、經略、大略；【茄八柳】（lioh-8），大略也；【恭八柳】（liok-8），忽略、大略。也就是說，三個音都是同樣的意思，用法基本上也都與北京語相同。

「略仔」，是指「稍微、約略」，例：「彼件事誌我干焦略仔知爾爾（那件事我只是約略知道而已）。也可以說「略略仔」或「頗略仔」，意思也是相同。例：「車尾有略略仔硈着（車尾稍微有撞到）。」

我們一直在強調，現在的年輕人都不太懂台語，或只是「略仔捌」，希望大家有空「略仔學」淡薄啊台語。

本文拼音參考。

漢字	十五音	羅馬音	台羅拼音	台語同音字
軟	觀二柳	loán	loán	--
	褌二柳	lńg	nńg	--
	君七柳	lūn	lūn	論、崙
略	姜八柳	liàk	liàh	掠

漢字	十五音	羅馬音	台羅拼音	台語同音字
	茄八柳	liòh	liòh	--
	恭八柳	liòk	liòk	陸

註釋

1. 「洘」，請參考《佮厝邊頭尾話仙》冊136篇〈鹹洘〉。

224
中甌茶

我是個不乖的基督徒。照理，基督徒不拿香拜拜，但是我每天會到佛堂跟爺爺奶奶和媽媽上香，因為我知道這是我媽媽的方式、我媽媽會覺得我乖的方式、這是我可以感覺到跟媽媽接近的方式。

初一十五，我也會跟家人一起拜拜。除了敬果牲禮，拜天公敬完三次酒後要獻三杯「乾茶」，「乾茶」是只有茶葉，沒有水的茶，我覺得這是滿特別的做法。

「茶葉」，台語叫「茶心」或「茶米」，所以小時候我們聽到用茶葉泡的茶叫做「茶心茶」或「茶米茶」。第一個「茶」是「茶葉」，第二個「茶」是「茶水」。

茶葉基本上是茶的嫩葉烤乾後製成，嫩葉長在小枝頂心，因此稱為「茶心」說法是合理易懂。「茶米」這個詞就比較特別，我以前以為泡茶的茶葉都是捲曲狀，像米粒的形狀，因此稱作「茶米」。

有位不老林先生在他的部落格上說：「在漢人初到台灣之時，生活非常的刻苦艱困，但是在大陸上，已有泡茶來喝的習慣；台灣當時還沒有品質優良的中國茶葉，當時的百姓，生活仍

很艱困，一般人家的三餐，大致上是以甘藷為主，白米十分的珍貴，所以在市場上就有了一斤茶葉可以換一斤白米的行情；於是就有了『茶米』這個名詞。」

我不確定這樣的說法是不是正確，但是以前茶葉很貴倒是真的。我父親說早期喝茶的不多，家裡不會有茶葉，要拜拜的時候才會到雜貨店買一摵茶葉。「摵」，【更一門】（me^n-1），當動詞是以手取物，例如「摵米飼雞（抓一把米餵雞）」，或是當量詞，一把，計算一手抓起的份量的單位，例如：「一摵銀角仔（一把銅板）」。基本上「一摵」就是少少的一點，連手掌心都放不滿，所以也驗證了當時的茶葉應該不會太便宜。

「茶心茶」到我小時候的年代應該就很普及了，我記得以前搭火車，車窗下沿有個置杯架，服務員會提著茶壺幫你加「茶米茶」。

經濟的富裕讓人們更加講究，不但茶葉更加精緻，喝茶的方式也不同了，不再是泡一大壺茶，而是一小壺，這稱為「老人茶」，可能是因為它是很耗時間的喝茶方式，大概只有退休的老人才有這種閒工夫。曾幾何時，「泡茶」成了很多人生活的一部分，甚至與呼吸不相上下，沒事泡茶、聊天泡茶、談事情也泡茶。如今大家對它的稱呼也變了，現在稱呼「茶葉」，不是「茶心」或「茶米」。

喝茶用茶杯，北京語沒有分別，但是台語就不一樣了；一般的杯子是「杯仔」，小小的杯子叫「甌仔」，所以，嚴格來說，泡老人茶用的杯子要稱為「茶甌仔」，不是「茶杯仔」。

不同於家裡神桌上的「茶甌仔」裝的是只有茶米沒有水的

「乾茶」，廟裡供奉神明的三個「茶甌仔」裝的是每天會換新的「茶米茶」。以前我媽媽常常會到廟裡乞「中甌茶」，就是三個杯子中間的那一杯，給身體不舒服的家人服用，祈求神醫大道公祖的醫治。

本文拼音參考。

漢字	十五音	羅馬音	台羅拼音	台語同音字
摵	更一門	me^n	me	--
甌	交一英	au	au	歐

225

鬱歲

　　我哥遇到跟他同年的人常常會討論生日和生肖的問題，我不懂為何他老是說他們那一年很怪、很特別、很亂。雖然聽過幾次，但是我不太有興趣，所以也不記得他在說什麼。倒是他的農曆生日是十二月二十六日，我都會記得，因為要幫他慶生。還有，這生日也特別，讓他 "瞬間成長"。

　　我們的習俗常常算的是虛歲，用生肖別來看就很簡單。大部分的人虛歲會比實歲多一歲，但有些人卻會是虛歲比實歲多二歲，因為虛歲的計算是出生就一歲，到農曆過年再加一歲。農曆生日在年尾的人，在國曆看起來已經是隔年的一月或是二月，但農曆年還未到，所以出生已經一歲了，過幾天過農曆年又加一歲，成了兩歲的寶寶，等到實歲滿一歲時，虛歲已經是三歲了。因此我們會聽到人家說年尾小孩，虛歲會多二歲。我哥哥就是出生不到一星期就兩歲的那種人。

　　因為這樣，計算其實歲時，必須減去多計算的這一歲，台語有個特別的名詞，叫做「鬱歲」。「鬱」，【君四英】（ut-4），北京語有愁悶不快樂、積聚凝滯或茂盛的意思；台語的解釋則是「氣也、滯也、腐臭不通也、抑屈也」。說真的，我也不

知道該選哪一個解釋。不過,「孵豆芽菜」也叫「鬱豆菜」。

　　小嬰孩出生一個月台語也叫「滿月」。「滿」,【觀二門】(boan-1)或【官二門】(boan-2),解釋都是「盈也、充也」。可是口語都簡化成ma的音。

　　四個月的時候「做四月日」要「收涎」。「口水」的台語唸【官七柳】(loa^n-7),這個音中,《彙音寶鑑》有收錄「涎」這個字,但是很多人認為要用其他的字。教育部的建議用字是「瀾」,「瀾」【干五柳】(lan-5)或【干七柳】(lan-7),基本上是大波浪的意思,口水變大波浪?但現在這個時代,好像也越來越說得通,「口水戰」常常都是大戰!

　　《台灣話的語源與理據》作者劉建仁先生說不同的字典有不同的說法,但是「瀾」、「涎」、「灆」等等的可能也都不是口水台語的本字,他的建議是「沫」。「沫」音【觀八門】(boat-8)、【檜八頗】(boeh-8)與【檜七門】(boe-7),它是「液體形成而浮於表面的小泡」。有句話形容口沫橫飛、嘴角都是口水泡沫叫「嘴角全沫」,問題是嘴角的得「沫」跟「口水」是不一樣的,把「沫」當口水,那真的「沫」怎麼辦?

　　楊青矗先生認為台語沒有口水的字,因此造了一個字,「汌」,但是並沒有被普遍接受或使用。或許,就用「涎」吧。

　　「周晬」台語是說「度晬」。嬰兒出生滿一年當天,要準備牲禮和紅龜祭拜神明和祖先,叫做「做度晬」。生母的娘家以「頭尾禮」和「紅龜」作賀禮。女嬰通常只收頭尾禮,不做度晬。當天也會準備十二項跟職業有關的工具放在竹篩給嬰兒選取,用來預測小孩以後的職業,叫「抓周」,台語叫「試周」。

「晬」,【嘉三曾】(che-3),子生一周年也。

本文拼音參考。

漢字	十五音	羅馬音	台羅拼音	台語同音字
鬱	君四英	ut	ut	熨
滿	觀二門	boán	bán	挽
	官二門	boáⁿ	buán	--
瀾	干五柳	lân	lân	蘭、難
	干七柳	lān	lān	難
沫	觀八門	boa̍t	bua̍h	末
	檜八頗	phoe̍h	phoe̍h	--
	檜七門	boē	bē	未
晬	嘉三曾	chè	tsè	祭

226
郊關

　　有個朋友常常會買一堆平常不會想到要買的東西，然後到處送人，我很好奇地問了她，她說是有朋友或是朋友的朋友開了店，她去「交關一下」。

　　「交關」在北京語的解釋包括：相關、有很大的關係、很多、勾結串通、交通往來，例如「生死交關」。但是它在台語通常用於「買賣、惠顧」，例：「阿公定定去彼間簏仔店交關（爺爺常常去那間雜貨店買東西）。」而且台語「交關」是有典故的。

　　早在魏晉南北朝，中國就有所謂的「行會制度」，「行」是形容「工商貨殖之民聚居於都市」，元、明之後，「行」這類同業組織已經非常普及，但稱呼並不固定，或稱「會」或稱「幫」。康熙之後，福建、廣東移民陸續湧入台灣，商人為避免惡性競爭、保障自然利益，將原鄉「同業公會」的制度帶入台灣，聯合同一地區的商人組成幫會，而此幫會在台灣稱作「郊商」或「行郊」。台南市水仙宮在乾隆三十年（1765年）所立的「水仙宮清界碑記」是台灣最早有「行郊」二字的文字記錄。

　　而「郊」字的用法應該源自明朝開辦的「稅關」，清朝政府延續此一在海關設卡驗收查稅的制度，原本係指「交關」之意，

而「交關」的「交」在閩南話之中兼具「做生意」的意思，故往後漸漸有以音近的「郊」代替「交關」之用法。

　　簡單說，「買賣、惠顧」之意的台語應做「郊關」，但是跟「交關」很深的淵源，而其實是因為音近似的混用，「交關」也可以說得通。

　　「交」在台語有蠻多意思的，也跟北京語接近。教育部閩南語詞典中有幾個是和北京語略有不同的。

　　「交落」與「拍交落」。「交落」是指「掉下」。例：「小姐，你的物件交落去矣（小姐，你的東西掉了）！」而「拍交落」是指「丟失」。例：「我的雨傘不知佇佗位拍交落去矣（我的雨傘不知在哪裡丟失了）？」

　　「交纏」，指人際關係（包括人與鬼）、疾病事物等糾纏煩擾不休，例：「死都死囉！勿通更來交纏（死都死了，不要再來糾纏）。」或「查某人做月內的時，若無細膩著著月內風，是會交纏一世人喔（女人坐月子的時候，要是不小心患上月子病，是會糾纏一輩子喔）！」它有「糾纏」的味道，但是台語不說「糾纏」。

　　另外，也可以用在「事情錯綜複雜」，例：「事誌誠交纏（事情很複雜）」。

　　「交陪」是指應酬、交際往來，例：「伊足勢偕人交陪（他很會和人交際應酬）。」或指「交情」。例：個的交陪誠深（他們的交情很深）。」

　　有一個在北京語中比較少用的單一個字的說法：「阮工廠有交恁公司」，意思是我們工廠跟你們公司有生意往來。

227

走相逐

　　台語有句俗話「人兩腳，錢四腳」，我很久以前聽我二姊夫說過。當時他跟我說：「你若互錢逐著，就要開始逐錢！」

　　「追逐」是同義複詞，「追」就是「逐」，北京語用「追」，台語用「逐」。「追」台語唸【規一地】（tui-1），「逐」唸【恭四入】（jioh-4）。

　　二姊夫說這句話時，我還有點轉不過來，被錢追到不是很好？錢自己跑來給你，超爽！不是嗎？但是，他要說的是：「錢超越你，跑到你的前面，你就得死命追錢！」

　　其實「人兩腳，錢四腳」這句話單純在說四隻腳跑得比兩隻腳快，兩隻腳的人自然追不到四隻腳的錢！不過，幾年前《天下雜誌》有篇文章提到這句話，叫我們換個角度想，它說：「既然錢跑得比人快，人追錢很難，但錢追人豈不是容易得多？只是，該如何讓錢來追人呢？答案其實再簡單不過，就是人要有能力。人如果真正具有能力，錢就會主動追上來！」呵呵，我看了笑了，某個程度上來說，不是跟我的想法有點相似？

　　「追逐」這兩個同義字，小時候聽到的大都是「逐」，「追」好像真的不常聽見。比較有印象的是在布袋戲裡，某甲和

某乙對戰，某乙輸了要逃，某甲會說：「走那裡去！追！」這時候說的是「追」，其實感覺有點文言，而大部分的時候我們會說「逐」。

例如，「追女朋友」會說成「逐查某囝仔」；小偷跑了，去追趕小偷叫「逐賊仔」；小朋友玩遊戲追來追去我們說「逐來逐去」；賽跑或是你跑我追、互相追逐的遊戲也稱「走相逐」。

「逐」有另一個音，【江八地】（ta̍k），「每」的意思。「逐个」就是「每個」，「逐項」就是「每項」，「逐工」是「每天」，「逐擺」是「每次」，例：「伊逐擺攏要偕人相諍，不過無一擺諍贏（他每次都要和人家爭辯，但是沒有一次辯贏）。」

不過現在用「追」的越來越多。

關於錢幾隻腳，古人也說過「錢是八條腿」，因為錢可以往東西南北四面八方走去，所以是八條腿。人只有兩條腿，卻也不能走不同方向，所以人要追錢，很困難。也有人解釋說：「一些人，很努力，但也剩不下幾個錢，這就是他先天福報不足。當你有福報時，錢來追你，這才是正常的。」喔，那，我的福報呢？

本文拼音參考。

漢字	十五音	羅馬音	台羅拼音	台語同音字
追	規一地	tui	tui	堆
逐	恭八地	tio̍k	tio̍k	軸
	江八地	ta̍k	ta̍k	獨

228
頭殼尖尖

為了讓振興券的使用能產生加速消費、促進經濟循環的倍數效果，政府還推出加碼券，什麼「國旅券」、「i原券」、「農遊券」、「藝Fun券」、「動滋券」......不一而足。各種優惠獎勵有限，因此都是用身分證字號來做抽獎，身分證末二或末三碼被抽中就可以得獎。有些號碼中了兩個甚至三個獎，但卻有27組號碼一個都沒中，這些人被稱為「優惠邊緣人」，很幸運地，我也是「邊緣人」（哭哭）！對於沒有偏財運的，台語會說「頭殼尖尖」。

台語有句話：「頭大面四方，肚大居財王」，意思是說「頭大、臉方、肚大的人，可以存很多錢，是大富之相。」古時候糧食不夠，大部分的人都是做靠勞力的粗活，工作量大又吃不飽，幾乎都是瘦子，偶爾看到的胖子大概都是有錢人家的老爺、少爺，或者是開餐館、賣豬肉的，因此以前的人普遍認為肥胖就是有福氣又有錢的象徵。

相反的，如果長得「頭殼尖尖、下頦尖尖、嘴唇薄薄」，就代表沒有福氣，是運氣不好的面相外貌，所以當一個人手氣不好就會自我解嘲「頭殼尖尖」沒有偏財運。

「尖」是個很可愛的字，一頭小一頭大，它的發音有兩個，一個是【甘一曾】（cham-1），銳也。另一個是【兼一曾】（chiam-1），小大針尾也；從字典的解釋來看，形容詞唸【甘一曾】（cham-1），名詞才唸【兼一曾】（chiam-1），有句話說「一句話三角六尖」，它是在比喻話鋒尖利，講話帶刺，這的「尖」是相對於「角」的名詞。但是我們已經都習慣混唸【兼一曾】的音，而不太使用【甘一曾】的音了。

　　我們都很熟悉「尖」，但「尖」的反義字呢？北京語字典會告訴你是「團」或「鈍」。「團」一般來說都是用在指圓形的東西，或結成球狀的物品；「鈍」是不鋒利，不快，引申為不順利：「成敗利鈍」就是「成敗得失」，「鈍」指不順利。

　　然而「團」的台語有兩個音，一個是【官五地】（toaⁿ-5），團圓也；另一個是【觀三他】（thoan-3），團體也。這兩個都沒有直接表示「不尖」的意思。

　　「鈍」，有兩個音，【君一地】（tun-1），刀不利也。又，【君七地】（tun-7），不頑利也。所以，更精確地說，它是「利」的反義字。

　　所以，刀子不利台語是說「鈍」沒錯，但說一個尖的東西不尖，是說【規五他】（thui-5），這個音有「槌」、「鎚」、「錘」，還有一個很有趣的字，與「尖」的「上小下大」字型相反，寫為「夵」，意思是「不尖也」。

本文拼音參考。────────

漢字	十五音	羅馬音	台羅拼音	台語同音字
尖	兼一曾	chiam	tsiam	針
	甘一曾	cham	tsam	簪
夵	規五他	thuî	thuî	槌
圛	官五地	toâ^n	tuânn	壇、彈
	觀三他	tuàn	tuàn	鍛
鈍	君一地	tun	tun	敦
	君七地	tūn	tūn	燉

229
三不五時

　　有一天跟哥哥姐姐帶父親到七股頂山的「七股濕地」賞鳥，這是黑面琵鷺最重要的棲息地；除了瀕臨絕種的黑琵，還有許多不同的鳥，包括高蹺鴴、黑腹燕鷗、濱鷸、反嘴鴴、小短腿裏海燕鷗、蒼鷺......，種類繁多，此外還有其他的漁業生態可以參觀，有得吃也有得玩。

　　回到家的時後發現院子的桌上放了一袋蒜頭，不知道是誰拿來的。爸指了指地上也一大袋地瓜說這也是人家送的，他說：「三不五時都會有人送菜，也常常不知道是誰送的，送的人看沒人在家，東西擺著就離開。」

　　「三不五時」算是常用詞，一般的解釋都說是「經常」，但是怎麼寫卻也有不同的說法，雖然大部分的人都同意寫成「三不五時」，而如何解釋並沒有很明確的答案。網路上有人說他幾經思索認為應該是「三不誤時」：「三不誤時是早期台灣男人的自我約束用語，用來提醒自己或他人節制、守本份。......有三個時間不能耽誤的意思。（一是與人約定、承諾的時間、二是回家吃飯的時間、三是早晨起床的時間。）」呵呵，成語或四字俗語常常都會有其典故，應該不是你想要怎麼解釋就怎麼解釋。

也有人提出「相不誤時」的建議，在發音上都講得通，但是用「誤時」恐怕無法解釋這個詞主要在說明「頻度」的功能；此外，這個詞的用法並沒有強調「準時」的涵義，因此「誤時」恐怕不適合。

　　也有人提到從「三時」與「五時」的定義來解釋。「三時」指早、午、晚，「五時」指春、夏、季夏、秋、冬五個時令，泛指一年四季。「三不五時」是「三時而不五時」，也就是說一天早中晚「三時」都做，而不是一年的「五時」才做。我不知道您同不同意，但是我覺得頗為牽強。

　　也有人說它是跟「隔三岔五」相關，雖然它也是比喻時常發生，過不了多長時間就會怎樣，只是「三」和「五」它們又個代表什麼，也還是搞不清楚。

　　呵呵，我也是「幾經思索」推測可能的意涵，您就看看是否合理。北京語有「不時」與「時不時」，意思都是指「時常」，台語也常用「不時」來表達「經常」的意思，這「三不五時」中的「不時」可能源自於此。我這樣的推測在劉建仁先生寫的《臺灣話的語源與理據》中看到比較完整的說法，他說：

　　「在漢語成語裡，『三A五B』是常見的形式，如：三番五次、三差五錯、三環五扣、三年五載、三山五岳等。而這些四言成語的基本是番次、差錯、環扣、年載、山岳，經過加工之後成為『三A五B』的形式。同樣道理，『不時』也可以加工成為『三不五時』。這可能就是台語『三不五時』的由來及理據。」

　　不過，我還是要提一下，「三不五時」並不等於「經常」，它是指「頻率不算低的偶而」，而且不太可預期，簡單用「經

常」二字解釋，恐怕會有所偏頗。

　　解決了「三不五時」，還是得解決一下這一袋蒜頭。回到家不久，父親收到一則LINE的訊息：「來訪未遇。留下蒜頭一袋，敬請享用。見盆裡草莓鮮豔欲滴，摘了兩顆，請勿報警。」我們鄉下就是這樣，不騙你，以前我們家也不鎖門，訪客甚至可以從前們一直走到後院，所以有時候還會發現東西直接被冰在冰箱，最離譜得是曾有人送殺好、剝完毛皮的兔子冰在冰箱裡，我媽打開冰箱嚇了一大跳！

　　有趣吧？羨慕嗎？來鄉下住吧！

230

敢若

　　冬天了，雖然不冷，但天色明顯暗得比較早，走回家的路上聽到一位先生喊：「你好無？我遠遠啊看就感覺敢若是你！你好無？」

　　我抬起頭，馬路對面是一位先生遠遠地對著胖胖修女講話。這位修女我們在《偕厝邊頭尾話仙》冊104篇〈瞪力〉介紹過，她是1972年從美國芝加哥來台灣的修女，說得一口流利的好台語，住在我們巷子這的修女院，修女院旁是公車總站，而這位先生以前是公車司機，因此常常跟修女碰到面。公車司機後來離職，不再開公車，在公家機關當駕駛。大概是剛好路過，遠遠地看到胖胖修女，覺得看起來「好像是」修女老朋友，他用的是「敢若」個詞。

　　「敢若」，是「好像、似乎」的意思。例：「敢若是伊，更敢若不是（好像是他，又好像不是）。」「敢」在北京語當形容詞是「有膽識、不畏懼的」，當副詞則有「有膽量」、「表示冒昧」以及「豈」、「莫非、大概」的意思。「若」也有「似、好像」的用法，因此「敢若」是個同義副詞。但是，「敢若」因為連音的關係，有唸kánn-ná的，有省為kán-ná的，而最普遍的可

能是ká-ná，難怪我們會不確定怎麼寫。

「敢」，【甘二求】（kam-2，果敢、勇敢，又恐為也）、【監二求】（ka^n-2，敢做敢當勇為也。）

「若」，【姜八入】（jiak-8，如也、汝也、順也、語詞）、【恭八入】（jiok-8，如也）。

同樣表示「好像」意似的詞還有「若」、「若像」、「親像」或「若親像」。

「若像」，例：「這齣電影我若像捌看過（我好像看過這部電影）。」

「親像」，例：「個兩个好甲親像兄弟仔全款（他們兩個要好得像兄弟一樣）。」

另外的詞像「未輸」和「宛然」也有「好像、彷彿」的意思，但是口氣不太一樣，語感這東西要舉例說明比較容易，我們再用教育部給的例子：

「未輸」：「伊看著我未輸看著鬼咧（他看到我好像見到鬼一樣）。」

「宛然」：「宛然失光明（好像失去了光亮一般）。」

口語也會說「界成」，是來自於「上界成」的簡略說法。道教有個名詞叫「三界」，即天界、地界、水界，「上界猶言天界。所以「最好」應說為「上界好」。「尚好」、「尚美」、「尚青」都是誤寫，應該改為「上好」、「上美」、「上青」。而「界成」就是「上界成」的簡略，即「很像」的意思。

其實這些詞都很普通、很常用，問題是年輕一代可能都不太會用，我相信他們都會說成「可能」。但是，雖然意思相近，

「可能」跟「敢若」、「未輸」不太應該劃上等號，這也就是我們擔心台語正一點一滴在消失的現象。

本文拼音參考。

漢字	十五音	羅馬音	台羅拼音	台語同音字
敢	甘二求	kám	kám	感
	監二求	$ká^n$	kánn	--
若	姜八入	jiak	lik	溺、蒻、弱
	恭八入	jiȯk	jiȯk	辱、弱

龜腳趒出來

　　有小孩唸國小的家長可能會發現有些國字的發音跟自己小時候學的不一樣，有的甚至寫法也不一樣。

　　網路上有篇文章：「隨著時代不同，國語字典的詞彙、寫法、用法隨之改變。一位母親陪兒子唸書時，驚覺自己寫的『龜』字跟孩子的寫法不一樣，以為自己寫錯字長達三十年，查閱辭典後才發現『龜』字有兩種寫法，讓不少網友喊『一個字暴露年齡』。」

　　這兩個龜字的差異在於左邊兩隻「腳」跟右邊的龜殼有沒有連起來。根據教育部資料，目前使用的「龜」字是「有連起來」的筆畫版本，有網友就分析兩種版本其實都沒錯，只是年代不一樣而已，三十年前學的是沒有連的版本，三十年後就改成連起來的版本了，因此沒有連起來的朋友們也悄悄透露年紀啦！

　　網路上的回應也很多，有人搞笑說：「這個字很難寫，我都畫一隻烏龜」，也有人說：「連不起來，因為墨水不夠」，也有人認為字型變來變去，以後都不知道怎麼教小孩。而教育部改的理由聽說是「連起來更接近小篆」。

　　我覺得這說法蠻奇怪的，不管是篆書或甲骨文，龜腳都是露

出來，重點是跟身體連在一起，而不是跟龜背有沒有連在一起。找一種篆字的寫法然後把大家習慣不是錯的寫法改掉，似乎大可不必，有更多有意義且值得關注的事需要教育部去努力。

關於「龜腳露出來」這件事，真實的烏龜常常把頭跟腳縮進龜殼裏，而因為烏龜的動作很慢，所以我們用「趄」[1]形容腳伸出來的這個動作。台語的「龜腳趄出來」就是北京語的所說「露出馬腳」，例：「伊的龜腳趄出來矣（他的馬腳露出來了）！」

「露出破綻」或「東窗事發」，台語說「熻空」，也有人說「破空」，例：「伊食錢的事誌熻空矣（他貪汙的事敗露了）。」「熻」，有兩個意思，一個是「裂開、斷裂、迸裂」，指物體因受熱、拉扯或數量過多等因素，膨脹起來超過限度而爆裂，例：「竹管互火燒曷熻開（竹管被火燒得爆開）。」另一個是用火炸出油或香味，例：「肉先落去熻較芳（肉先炸出油比較香）。」因此，「熻空」和「破空」有程度上的差別，現在流行語的「爆」、「爆料」，用「熻」比較貼切。「熻」，【經四邊】（pek-4）。

被「抓到辮子」或被逮到，台語會說「互人鬃著」。「鬃」是人或動物的毛髮，例：頭鬃（頭髮）、馬鬃（馬背上的鬃毛）。「鬃」，【江一曾】（chiang-1，頭鬃也）、【江二曾】（chiang-2，編髮為之）。不過對於「鬃著」，我覺得用「搿」字應該比較適合。「搿」，（【江一曾】（chiang-1，引也）。

本文拼音參考。

漢字	十五音	羅馬音	台羅拼音	台語同音字
煏	經四邊	pek	piak	迫、逼
鬃	江一曾	chiang	tsang	棕
	江二曾	chiáng	tsáng	--
搝	江一曾	chiang	tsang	棕

註釋

1. 「趖」,請參考《偕曆邊頭尾話仙》冊144篇〈蚵㾀與鋤冰〉。

大富大富

看到有一篇文章說：

「現代人常掛在嘴邊的：『某某某真是小富婆。』這裡句話裡面的『小富婆』，台語該怎麼說呢？如果有算命習慣的朋友，或許可以仔細回想看看，是否曾經聽過算命師說過這句話：『孵金婆。』

『孵金婆』（pū-kim-pô），這個『孵金』是很有意思的。台語的『孵』（pū），有孵化的意思，譬如『孵卵』（pū-nn̄g）就是生蛋的意思，而將這個詞說出口的聲調也很有臨場感，………，台語是一種很接近大自然的語言啊！」

我又要對這種創意發出嘆息聲了！至少應該知道生蛋不等於孵蛋吧？

小時候媽媽教我的一句話：「豬來窮，狗來富，貓來起瓦厝。」意思是豬來了會帶來貧窮，狗會帶來財富，貓來了會讓你發大財、蓋漂亮的房子，真的不知道古人說這話是有什麼道理或依據？

「窮」字音【經五求】（keng-5），乏財、貧也，也有【恭五求】（kiong-5）的音。但通常形容「貧窮」較常用的是

「散赤」，例：「個兜真散赤，攏不捌看伊穿一軀[1]新衫（他家很窮，從未見過他穿一套新衣）。」關於「散赤」的寫法是否正確，仍然也有些爭議，不過，家伙散散去，財物不會聚集（台語稱「不居財」），當然就變貧窮。「赤」在北京語也有「赤貧」、「赤條條」的用法，因此「散赤」在音與義都還算合理。[2]

另外，也有「散窮」的用法，雖然已不常聽聞，但至少，從這兒來看，我就懷疑「『窮』古音『散』」說法的正確性。

重點來了，「富」沒有用字的問題，但是有讀音的問題。「豬來窮，狗來富，貓來起瓦厝。」這一句話「狗來富」的「富」唸【龜三邊】（pu-3），而不是我們平常習慣用【龜三喜】（hu-3）的音。字典中【龜三邊】（pu-3）讀音的解釋是「多財曰富」，【龜三喜】（hu-3）是「厚也、豐也、財也」，二者並不完全相同。北京語有一句「大富大貴」，台語有一句「大富大富」，而詞中兩個「富」字，前者唸fu-3，後者唸pu-3，就是讀不同的音，您也可以由此推敲為「小富婆」被稱為「pù-kim-pô」而不是「hù-kim-pô」。

所以，之所以會寫「孵金婆」，應該就是對「富」字發音的不夠瞭解所致。「孵」雖然在字典寫「龜一喜」（hu-1）的音，但是習慣上我們都讀pu-7的音，「孵金婆」的作者不知道「富」有pu-3的音，加上我們已經習慣將「孵」發為pu-7的音，所以他以為「富金婆」是「孵金婆」。

以前人住的是茅屋，能蓋瓦屋的都是有錢人。要當有錢人就要努力賺錢，用「孵」的，恐怕孵不出來啦！

本文拼音參考

漢字	十五音	羅馬音	台羅拼音	台語同音字
窮	經五求	keng-5	khîng	瓊
	恭五求	kiông	kiông	強
散	干二時	sán	sán	瘦、產
	干三時	sàn	sàn	傘、線
	官三時	soa^n-3	suànn	傘、線
富	龜三喜	hù	hù	付、副
	龜三邊	pù	pù	--
軀	居一去	khi	khi	欺
孵	龜一喜	hu	hu	膚

註釋

1. 計算一套衣服的單位，教育部用的是「軀」字，但是它讀做【居一去】，值得檢討。有人建議「裋」，這是指衣身、衣服中間的布料，字義較為符合。
2. 「散」有三個音，【干二時】（san-2，疏流而不聚也），【干三時】（san-3，分離曰散，又散布也），與【官三時】（soa^n-3，分散也）。

233
無

　　網路Youtuber「鳳梨鼠薯」有一個很好笑的視頻──「封釘」，裡面「超渡大師鳳梨鼠薯」唸著：

　　「封在東方甲乙木，互伊子孫代代看着媌仔攏冇硞硞，應有無！」

　　「封在南方丙丁火，看着破狸規腹火，應有無！」

　　「封在西方庚申金，子孫代代起痟無神經，應有無！」

　　「封在北方壬癸水，後代做到死攏領無薪水，應有無！」

　　「封釘」本來是告別親人悲傷與嚴肅的事，但是卻常常被拿來開玩笑，反而有種另類的「衝突」與「笑果」。

　　「有」和「無」是口語很常用的字。「有」比較單純，我們也在《偕厝邊頭尾話仙》冊124篇〈冇冇有〉談過，所以這裏只討論「無」[1]。

　　「無」，表示「好不好」說「好無」，表示「要不要」說「要無」，表示「有沒有」說「有無」。所以「封釘」時道士說「應有無」，就是「回答有沒有」。

　　表示「對不對」我們會說「對無」，但是從陳水扁競選總統的時代開始，他戲劇化催眠式的問句：「你講對不對啊！」、「你

講好不好呀！」成了造勢場中振奮人心的喊話。好像這樣講，會比較鄭重其事，連台語不是很好的馬英九也都跟著這樣喊。

「無」，除了表示「沒有」，可以用來修飾形容詞或動詞或表達否定或疑問的態度，例如：「無美！」是「不好看！」，「美無？」是「漂不漂亮？」；「無去！」是「沒去！」，「去無？」是「去不去？」。還有「你捌伊無（你認識他嗎」？」；「有影無（真的嗎？」」

另外，也可以表示語氣轉折，有「要不然」的意思。例如：「無，你是要安怎（不然你要怎麼樣）？」「你不愛食麵，無咱來去食炒飯（你不喜歡吃麵，要不然我們去吃炒飯）。」

還有當「不耐用」來用，例：「這種雪文真無洗（這種肥皂不耐洗）。」因為物價上漲、貨幣貶值，我們常會聽到：「這嘛錢足小个，足無開。」

最後，還有一個用法是表示提醒，例：「恁彼个同事無，姓張的（你那個同事有沒有，姓張的）。」、「佇巷仔口無，彼間籤仔店（在巷子口有沒有，那間雜貨店）。」通常這樣的用法，「無」會讀輕輕的第三聲，但是如果是讀成第五聲，就會有「不是嗎？」的疑問味道。

這是一個很簡單、很常用的字，但是還是有許多細微的地方值得我們注意，還有一件很重要的事，它就是「無」，不要亂寫為「嘸」。

「無」【龜五門】（bu-5）或【高五門】（bo-5），都是「沒有」的意思。

「嘸」，【龜二門】（bu-2），不明貌。

所以這兩個字是不一樣的，也不需要借用，「等不到人」就是「等無人」，不要寫為「等嘸人」。

本文拼音參考。

漢字	十五音	羅馬音	台羅拼音	台語同音字
無	龜五門	bû	bû	誣
	高五門	bô	bô	--
嘸	龜二門	bú	bú	武、母

註釋
1. 另請參考本冊299篇〈未、無、不〉。

234
分个

　　以前的人很奇怪，家裡的小孩有的是別人生的，而自己生的小孩又去當別人的小孩。我媽媽她們兄弟姊妹就有這樣特別的狀況。

　　媽媽排行老二，但是身分證上是長女，她有一個姐姐是養女，所以這位大姨跟我們完全沒有血緣關係。三姨是唯一跟我媽媽同父同母的姐妹，但是三姨出生後不久我外公過世，外婆把她給人當養女。

　　一般而言，「買賣」、「授受」、「借貸」或很多行為都可以從字上清楚地區分行為方向關係，但是給人當養子女或收人當養子女，都是說「分」，所以對於養子女，他們常常都被形容「伊是分个」。反正只要知道某甲是「分个」，對他現在所在的家庭他是「分來个」，對他的原生家庭是「分互人个」。我大姨是前者，我三姨是後者。

　　「分」的用法很多，可以當計算時間、錢幣、金飾重量及土地面積的單位名稱，例如一分鐘或一分錢；也用在數學上的分數，或比喻程度的深淺，例如有名的台語歌「愛拚才會贏」唱道：「三分天註定，七分靠拍拚（三分天注定，七分靠努

力）」。或是指離開、分散的動作或狀態，例：「個爸仔佇車頭分開（他們父子在車站分手）。」這些「分」都是唸【君一喜】（hun-1）的音。

當「分配、發送」的時候通常唸【君一邊】（pun-1），例如小時候發作業簿、發課本叫「分簿仔」，結婚發帖子叫「分帖仔」。把東西一部分給與他人，例如：「這箱柑仔互恁去分（這箱橘子給你們分配）。」或「一半分你。」

台語字典中「分」有一個音【君七喜】（hun-7），當「名分、分量」。我本來以為這是當作我們現在常用的「份」，有趣的是「份」字在《彙音寶鑑》中是【巾一邊】（pin-1）的音，而且解釋為「同彬、斌」，這真的超乎我的想像！【君七喜】的用法，我在我爸媽年輕時的故事聽過，他們投資朋友漁船生意，說「分船仔」，是「股份」的意思。

「分」當施捨或乞討也唸【君一邊】（pun-1），例：「好心的頭家！十箍銀來分我好無（好心的老闆！可以施捨十塊錢給我嗎）？」；「彼个乞食逐工攏去車頭加人分（那個乞丐每天都去車站向人乞討）。」這兩個例句給人的感覺有點像這個字就是乞丐跟人要東西，其實也不一定那麼悲慘啦，它也可以用在平常：「這個蔥仔是我共人分个（這些蔥是我跟別人要來的）。」「分个」是指「要來的東西」，還有前面提到我大姨和三姨的故事，「領養」[1]的小孩也是這樣稱呼，例：「家己若未生，會使去分別人的囡仔來飼（自己若是生不出孩子，可以去領養別人家的孩子）。」我三伯母是童養媳，給人當童養媳台語叫「分人做新婦仔」。

關於「分」字的用法，教育部的《台灣閩南語常用辭典》提到兩個詞，一個是「分伻」，一個是「窮分」。教育部說「分伻」是「分配」或「分擔、分攤」的意思。但是我認為應該寫作「分畊」，這個字我們在本冊290篇〈畊〉會另外討論。

「窮分」，意思是「計算、比較，唯恐自己吃虧」。例：「囡仔人不通傷賢窮分（小孩子不要太會計較）。」「窮分[2]」這兩個字的寫法也有不同的意見，因讀音是對的，也還解釋得過去，先這樣用，也希望大家能提供意見。

我其他的阿姨和舅舅是媽媽同母異父的弟弟和妹妹，他們姊弟有的是「分來个」，有的是「分互人个」，也有同母異父的，約莫十年前我才知道這些故事，但是我從小看她們感情都很好，他們彼此都不會「窮分」。

本文拼音參考

漢字	十五音	羅馬音	台羅拼音	台語同音字
分	君一喜	hun	hun	婚、薰
	君一邊	pun	pun	--
	君七喜	$h\bar{u}n$	$h\bar{u}n$	恨
伻	經一邊	peng	ping	冰
畊	更一頗	pe^n	$phen^n$	--

註釋

1. 「收養」或說「乞的」、「抱的」、「養的」
2. 「窮分」教育部亦作「傾分」。

235

翁相

記得小時候拍照，按下快門是一個需要仔細考慮、斟酌再三的動作，不像現在用手機隨便拍就幾百張，不喜歡就刪，沒有成本壓力，完全不需要考慮。以前拍照需要用底片，底片很貴，出門旅遊要先買好，不然就得花更多錢跟風景區的攤販買，買不到的話就會像現在你的手機沒電一樣，很嘔！底片通常是36或24張一卷，帶個兩卷也只能拍72張，不像現在，吃頓飯就可能拍掉幾十張食物照片。而且照片沖洗也很貴，也要花時間，每次送沖可能要兩三天才看到照片，跟現在數位化馬上可以看、還可以加效果，甚至馬上上傳讓全世界都看見，完全不可同日而語。

「拍照」這件事，大家都知道台語不講「拍照」，也不會講「照相」，有些人會說他的興趣是「攝影」，「攝影」的台語是很多人會說的詞。

「攝」，【兼四柳】（liap-4，兼也），它的意思還滿多的。當「吸取、捉走」時，通常指被鬼魂妖精吸走、抓走神魂，例：「互鬼仔攝去（被鬼捉走）。」也當「打摺、摺疊」，例：「裙攝裀（裙子打摺子）、紙攝痕（紙摺紋痕）。」或當「皺、枯萎」，例：「花攝去矣（花枯萎了）！」、「面攏攝矣（臉都

起皺紋了）！」還有當「退縮、畏縮或躊躇」，例：「講著錢就攝落去矣（說到錢就退縮了）。」

有趣的是它也當「憋住、強忍住」，特別是用在憋尿：「攝尿」、憋屎：「攝屎」。有句話說「上卅未攝」，卅為四十的意思，上了卅表示人到中年的意思。這句話表示人到中年萬事休，生理機能走下坡，心理也逐漸失去青年時期的意氣風發。

如果不說「攝影」這麼文言的用語，拍照的白話文字會寫成「翕相」，例：「我想要偕你翕相（我想和你拍照）。」「照相機」就叫「翕相機」，「照相館」就叫「翕相館」。

「翕」，【金四喜】（hip-4），合也，順也，動也。

照相機是法國畫家路易·達蓋爾在1839年發明的，而錄影機是1894年，一對法國的盧米埃兄弟在看了電影放映機的影像後，產生了把攝影機和投影結合在一起的想法，而發明了電影攝影機，進而演變成後來的「錄影機」。從這樣新的發明到普遍使用需要花時間，有理由相信它不太容易有「純粹的」台語名詞。怎麼稱呼其實無所謂，只是「錄」這個字，照理說應該唸【恭八柳】（liok-8）的音，但是現在大家都唸【公八柳】（lok-8）的音（與「鹿」同），不信您去查字典，但我想這也回不去了。

愛迪生在1877年發明的留聲機，早期在台灣是沿用日本名稱叫「蓄音機」。留聲機不用電，靠的是發條，拾音用的鋼針連接小喇叭，音量較小，所以為了增加音量，很多留聲機都是加了大喇叭。後來電唱機由電機、唱針、動磁式、動圈或動鐵式到後來的晶體壓電式拾音系統組成。唱片由78轉的「蟲膠」變成後來33轉的「黑膠」，這些東西都變成骨董了，不過算是熱門的

骨董，許多人都還收集著很多黑膠唱片，我家也有一些，包括當初我哥哥姐姐唸高中時買的，被我老爸罵為靡靡之音的ABBA專輯。

　　唱片，台語你要稱它為「唱片」也沒有錯，「唱盤」也沒有錯，不過，較有味道的稱呼方式是「曲盤」。

本文拼音參考。

漢字	十五音	羅馬音	台羅拼音	台語同音字
攝	兼四柳	liap	liap	捏
翕	金四喜	hip	hip	--
錄	恭八柳	liòk	liòk	六
唱	姜三出	chhiàng-3	tshiàng	淌
	恭三出	chhiòng	tshiòng	倡
	薑三出	chhiù^n	tshiùnn	嚏

236
舀水

　　樓下貼了一張公告：「這星期四早上要洗水塔，請各住戶儲水備用。」

　　本來洗水塔並不會有什麼影響，反正白天都不在家，但是因為新冠肺炎疫情嚴峻，這陣子都是居家上班，我有點擔心沒水要怎麼辦，這有點煩人。而且今年四月還鬧水荒，台中市曾傳出「供四停三」的消息，我大姊住台中，她還特地去五金行買大水桶儲水。

　　家用水最無法省的可能是馬桶用水，你可以外食、可以不洗澡，但是不能不上廁所，所以如果要停水我都會放一些水在浴缸。水龍頭放水，如果拿一個容器在水龍頭下接水，台語叫「承水」，「承」是「接」的意思¹。如果水放到浴缸，單純是讓水流出，通常這動詞我們說【交三柳】（lau-3），台語連續劇會有體貼的老婆說要幫加班夜歸的老公放洗澡水，這時該用「lau-3水」。浴缸的水不要了要排掉，也是用相同的動詞。而這個音我查到兩個字，一個是「落」，如果腰帶鬆了，褲子穿得比較低，稱為「落褲」，「落下頦」是「下巴脫臼」，通常引申為笑話說得很精彩，讓人笑得下巴都要掉了，例：「笑曷

落下頦（笑得下巴快掉了）」。它的音與「下雨」—「落雨」的「落」不同。《彙音寶鑑》收錄的另一個字就有趣了，寫成「渜」，解釋是「水渜也」。

古時候沒有自來水，家裡的水是儲在水缸，水缸裝水應該用「貯」這個字。「貯」，【居二地】（the-2），「積也、居也、盛也」。大部分「裝東西」的「裝」都可以用「貯」，例：「貯物件（裝東西）」、「貯會落（裝得下）」、「貯湯（盛湯）」、「貯飯（盛飯）」。

水在水缸內，需要用水的時後再用「水觳仔」舀出來。「觳」在台語字典的音是【干八喜】（hat-8）與【江八喜】（hak-8），但是一般口語說的是【公四去】（khok-4）的音。

「舀」台語音【薑二英】（iu^n-2），舀木也；同音字中「搯」解釋是「搯水也」。但是北京語「舀」唸一ㄠˇ，「搯」是ㄊㄠ，同「掏」字。用瓢子或杓子汲取液體叫「舀」，例如：「舀水洗身軀（舀水洗澡）。」農業社會中，舀取排泄物做為肥料叫「舀肥」，在「正月調」中所唱：「初一、初二早、初三睏到飽，初四接神、初五隔開，初六舀肥[2]。」

「舀水」也說「擖水」，「擖」，【干四去】（khat-4），解釋是「以杓擖物」。同一個音另有一個字「戛」。「戛」同「憂」，本是「長茅」的意思，因為與擖近似，有人拿它寫為「戛水」。教育部《台灣閩南語常用辭典》中對「戛」的解釋是：「輕輕地敲擊」，例：「提番仔火來戛火（拿火柴來點火）。」

拿一個空瓶子裝水，要說「裝水」、「貯水」我都沒有意見，但是如果你問我，我會建議用「入水」。「入」廣泛用

於「從外面進到裡面」，例：「入去（進去）」、「入來（進來）」。還有「裝進」，例：「入被（把被子裝進被套裡）。」冬天到了，把棉被裝到被單裏叫「入被」，這裡的「入水」是一樣的用法。

本文拼音參考

漢字	十五音	羅馬音	台羅拼音	台語同音字
落	交三柳	làu	làu	--
淊	交三柳	làu	làu	--
貯	居二地	thé	tué	底
舀	薑二英	iú^n-2	iúnn	養
攪	干四去	khat	khiat	渴、尅
戛	干四去	khat	khiat	渴、尅

後記

張先生留言：「1.舀，是把外部的液體，放到你的置水器處。2.挹，是把你置水器處中液體，澆灌到外部。兩者發音差異甚大。」

這樣的說法蠻有趣的，「挹注」是把液體從一容器取出放到另一容器，比喻取有餘以補不足；對做動詞的主詞而言是澆灌到外部沒錯，但是我覺得需要再多一點的證據來證明這說法。

註釋

[1] 也有建議「扒」字者，請參考本冊300篇「扣棒球」。

[2] 「舀肥」多被寫為「挹肥」，應該是「舀肥」才好。「挹」，【金四英】（ip-4），音同「邑」，義同「揖」。

237
稃、菢

　　以前我家後院有棵青葡萄，青綠的葡萄長在青綠的樹葉下，午後的陽光穿透，綠意盎然。本來媽媽說葡萄太「青」還不能吃，後來熟了，但是還是很酸，於是爸媽把它們釀成了葡萄酒，家裡的櫃子還有十幾年前的存貨。

　　一般水果尚未成熟都以「青」來形容，我覺得這裡的「青」或許單純地解釋為「顏色」會比較直接，因為水果成熟與否我們會問「黃抑未」（其實北京語也是，表示「年輕的」、「青春」應該是引申用法），例：「這粒樣仔黃矣，會使食矣（這顆芒果變黃了，可以吃了）。」教育部對「黃」的解釋是：「指稻麥或果子由生轉熟」。

　　對不同的農作物成熟狀態的說法可能就不一樣囉。例如花生和玉米，如果果實尚未真正成熟（特別是那種果實大小可能跟成熟差不多，但是尚未真的成熟），我們不說「青」，而用「稃」來形容。

　　教育部的建議用字是「菢」，當「幼、嫩、未成熟的」，或「年輕的」解釋，例：「伊的年歲有較菢（他的年紀輕了一些）。」也當作「經驗少的、資歷淺的」用，例：「伊猶更傷

茈，所以未當做主管（他還太稚嫩，所以不能做主管）。」

不過，「茈」是植物名，即紫草。紫草科紫草屬，多年生草本。葉互生，夏開白色小花，果實小，堅硬有光澤，可作紫色染料。有人推測教育部是把嫩薑帶紫色將它認為是「紫薑」或「茈薑」。不過我認為比較適合的用字應該是「稺」。

「稺」音ㄓˋ，古同「稚」。說文解字的解釋是「幼禾也」。《增韻》：「凡人物幼小皆曰稺」。所以「稺」字要比「茈」字好，故「嫩薑」應做「稺薑」。不過，一般讀法「稺」與「茈」、「紫」同樣是【梔二曾】（chiⁿ-2）的音，但是《彙音寶鑑》是標【居七地】（ti-7）。

食物的嫩，包括蔬菜和肉類的口感，在台語常常用「幼」來稱呼，例：「這把菜真幼（這把菜很嫩）。」或「雞僆仔肉較幼（未生過蛋的母雞肉比較嫩）。」就連皮膚細嫩的樣子也是說「幼」，例：「面肉幼（臉部皮膚細嫩）。」「幼」[1]與「稺」的差別在於用在食物時，前者是適合吃的，但後者還不太適合。

而如果是肉類口感老，不易斷裂，我們會稱「韌」，例：「這塊肉真韌，咬未落去（這塊肉很老，咬不下去）。」

不記得是那一年，葡萄被換成了絲瓜，夏天午後，一樣的綠意盎然，只是已經沒有葡萄可以釀酒。有一天爸說有些絲瓜要採下來，不然會「薶去」。古書上說「薶」是一種草，也有解釋為「寬大的樣子」。台語字典的「薶」，【瓜一求】（goa-1），過熟也。

絲瓜「薶去」怎麼辦？留下來做「菜瓜擦」。「擦」，【干四出】（chat-4，同擦），教育部拿它來當作「磨擦、刷洗」的

【嘉三出】（chhe-3），例：「擦破皮（擦破皮）」、「擦鼎（刷鍋子）」。「絲瓜」台語叫「菜瓜」，絲瓜「蔫去」，它的纖維會變韌，以前人用來刷洗清潔用，它是「菜瓜布」的前身。（不過，「擦」字在《彙音寶鑑》用的是「刷」字。）

本文拼音參考

漢字	十五音	羅馬音	台羅拼音	台語同音字
苦	梔二曾	chí^n	tsínn	紫
紫	梔二曾	chí^n	tsínn	苦
稺	居七地	tī	thī	稚、雉
蔫	瓜一求	koa	kua	歌
擦	干四出	chat	tshat	擦
刷	嘉三出	chhè	tshè	脆

註釋

1. 「幼」還有其他的用法，當「小的、細的」，例如「幼骨」是骨架小、「幼毛」是細毛。當細膩、精緻，「手路真幼」是指手工精緻。也做粉末狀細碎的東西，例如「肉幼仔」是指肉末。當然，也用於表達年齡小，「爸老囝幼」是常聽到的一句成語。

238

唻

　　以前跑國外客戶，經常會經歷到特殊的風俗習慣，大部分的狀況都還蠻有趣的，但也有會令人尷尬的事。有一次到阿聯酋的拉斯海瑪邦（Ras Al Khaimah），親王請我在他家吃午餐，我到回教國家是最開心不過的了，因為他們不吃豬肉，我也怕吃豬肉（跟宗教無關），所以各種食物都可以安心嘗試。

　　開飯的時候，二十幾人席地而坐，大型方桌上擺滿了當地料理，我坐在親王旁邊，他們很周到地替我準備刀叉，因為他們清楚我們是不習慣用手抓食物吃的。

　　正在看他們用手抓食物吃得很開心的時候，親王跟我說前面這條魚很好吃，然後抓了一塊魚肉放在我的盤子......

　　我在想，我當時一定是驚嚇又要故做鎮定的臉，他抓食物給我的手，也是他抓東西吃的右手。

　　我們是拿筷子的，用筷子夾東西台語叫做「唻」，這字古時的用法包括：1.夾取東西的用具（通常指筷子）；2.箝制；3.「策」的異體字（《史記》〈五帝本紀第一〉獲寶鼎，迎日推唻（策））。台語保留了古用法，讀【更四語】（geh^n-4），箸夾菜也、唻取。而北京語用「夾」，教育部也跟著用：「愛食啥

家己夾（喜歡吃什麼自己夾）。」並說「挾」是「被其他物品夾在中間」，例：「我去互電梯門挾佇中央（我被電梯門夾在中間）。」台語「夾」的讀音【兼四求】（kiap-4，左右持也）或【更八語】（gehⁿ-8，挾持曰夾）。這幾個字的讀音語意義近似卻有差異，北京語用了別字，但因它讀音相同所以沒有人追究。

而用筷子從整隻魚揀一塊魚肉，台語叫「剪」，在北京語常被寫為「揀」。「揀」的台語是【經二求】（kíng），是「挑選」的意思，做菜前把蔬菜不好的、不能吃的地方去掉叫「撿菜」，挑食叫「揀食」。有句俗諺：「相罵無揀嘴，相拍無揀位」，比喻吵架、打架的殺傷力很大，因為吵起來「口不擇言」，打的時候在混亂中出拳根本不會挑部位打。

而弄斷整隻魚，把牠分段也叫「剪」，「剪」音【曾二堅】（jian-2）。將東西裁斷叫「剪」。例如：「我加布剪開（我將布剪開）。」或「我加麵線剪斷（我把麵線裁斷）。」被蟲蛀掉也叫「剪」，例：「冊互剪蟲剪去矣（書被蛀蟲蛀掉了）。」另外，風強力地吹來也可以說「剪」，例：「風規個剪過來（風整個強力地吹過來）。」[1]

至於我們說的「剪刀」，台語是「鉸刀」，「鉸」，【迦一求】（ka-1）。元朝白樸在〈陽春曲〉有「百忙裡鉸甚鞋兒樣」，紅樓夢第六十四回有：「一面說著，一面左手打開頭髮，右手便鉸。」古時候就是用這個字。

每次我跟朋友聊到這個故事，每個人都會問我吃了沒？您說我能不吃嗎？

只是我只能閉著眼睛吞下去。正常的「吞」，也寫成與

北京語一樣的吞字；但是，如果是強調快速吞下去，我們會說「滑」。例如吃藥的時候，有的人怕苦，或是一顆一顆的藥不易吞，最好就是配一口開水，一起吞下去，我們稱為「大嘴滑落去」。「滑」，【君八求】（gu-8）。

還好，這魚的魚刺不多。吃魚的時候吃掉魚肉吐出魚刺，台語叫「唴」。北京語字典說：「《集韻》：尺尹切，音蠢，吹也。《玉篇》：吹唴也。」台語字典寫【褌二出】（chhng-2），唴刺、唴骨也。「唴」需要牙齒、舌頭和嘴唇的靈活協調，才能吃掉魚肉吐出乾淨的魚骨頭，善於這樣做的人，我們說他「賢唴魚仔」。

本文拼音參考 ─────────────

漢字	十五音	羅馬音	台羅拼音	台語同音字
英	更四語	gehn-4	ngeh	--
揀	經二求	kíng	kíng	竟
剪	堅二曾	chián-2	tsián	踐
鉸	膠一求	ka	ka	膠
滑	君八求	kut	kut	掘
唴	褌二出	chhńg	tshńg	--

後記 ───────────────────

陳先生留言：「可以請教一下，文裡的台語字典網站裡搜『唴』找不到這個字，要怎麼用這個網站來聽讀音呢？謝謝」另外，黃先生也說：「很抱歉，我也找不到『唴』這個字的台語讀音。」

我在文中所說的「台語字典」是《彙音寶鑑》，所以台語字典網可能會找不到。

　　余先生留言：「用筷子從整隻魚揀一塊魚肉，請問是發『剪（tsián）』的音還是『鏟』？」「我這裡揀發『淺（tshián）』的音，而不是『剪（tsián）』的音」。

　　「鏟」字讀【干二時】，與「產」同音。而「淺」與「剪」同是「堅」字韻，但一個聲母是「出」，一個是「曾」。

註釋

[1] 「剪」當「扒竊」用是因為「剪綹仔」，請參《阿娘講的話》冊062篇〈剪綹仔〉。例：錢佇菜市仔互人剪去（錢在菜市場被扒走了）。」

239
事先走

　　2021年7月決定將已在臉書發表的200篇短文集結出版的時候，村子有位長輩打電話關心，並提醒我幾件事：紙本書付梓就不能改，要特別謹慎；其次，台語界有不同的派別、不同的看法，提出來的論述都必須經得起論證、挑戰。

　　在找資料與尋找答案的過程，我確實發現有很多東西有非常多不同的看法，我原本單純的以為就算有不同看法，應該也只是各自表述，但是，我在查看「事情」的台語寫法的時候，在網路上發現曾有兩位資深研究台語的先進為這兩個字起過很大的爭執。

　　A先生說北京語的「事情」應該寫為「事誌」，在他「事情」的視頻中他屢屢提到批評他的人不好好地研究又要批評他等等的用詞；另外，B先生在他的的臉書貼文中說「事情」應該寫為「大事」，而在A先生臉書留言欄中有讀者說：「B先生不是說應該寫為『大事』嗎？」結果A先生有一句回應是：「你大概不知道我與B的過節。」

　　不討論他們兩位的爭執，對於「事情」的台語怎麼寫，我個人認為「事誌」是比較合理的。A先進的幾個論述摘要如下，大

家參考：

一、以前的韻書基本上不記載白話音，例如「雨」就沒有【沽四喜】（ho-4）的音。1913年出版的《甘字典》[1]是由蘇格蘭長老教會宣教士甘為霖編寫的台灣閩南語辭典，該字典對台語發音有準確詳實的記載，而該書對「事」標示讀音為tāi，所以，雖然古韻書沒有，不代表沒有[2]。

二、古文獻提到《佛山忠義鄉志》〈卷六　鄉事志〉，〈鄉事志〉就是記載鄉裡的事情；《連江縣志》〈兵事志〉，就是「連江縣關於軍隊的事情」。

三、從一些還滿常用的詞跟北京語做比對，可以發現「事」字發tai-7音的例子；例如「我事先走」，台語說「我tai-7先走」；「做善事」是「做好事」，台語是「做好tāi」；「做壞事」是「做歹tāi」；「干你什麼事」文言說法是「干卿底事」，台語說「偕你啥物底tāi」；「沒你的事」說「無你的tāi」，每一個「事」，都對應到tāi。

四、事實上教育部編的《台灣閩南語常用辭典》直接也寫了：「事志：事情。本辭典使用『代誌』來表示。見『代誌』tāi-tsì條。」也就是說教育部其實也都知道「代誌」正確的寫法是就是「事志」，但是並不願意推翻被誤用的寫法。

第四項的例子再度觸及我不認同教育部的雙標問題。如我們在本冊231篇〈龜腳趖出來〉提到的，教育部要去改變「龜」字

的寫法，因為比較像小篆的寫法，但是對於「代誌」為什麼就不願意改回「事志」？要讓它一直錯下去？

話說回來，「事志」好好商量，不要吵得那麼厲害。我想起小時候有一種「老鷹拳」：「雞仔咧啄米、鵜鴞[3]咧展翅、無啥物事志、無啥物事誌……」

本文拼音參考

漢字	十五音	羅馬音	台羅拼音	台語同音字
鵜	皆五柳	lâi	lâi	來
鴞	嬌一喜	hiau	hiau	囂
鴟	居一出	chhi	tshi	癡

註釋

1. 《甘字典》《廈門音新字典》（白話字：Ē-mng-im Sin Jī-tián），原文直譯《通行於晉州、漳州佮福爾摩沙各域個廈門白話詞典》（英語：A Dictionary of Amoy Vernacular spoken throughout the prefectures of Chin-chiu, Chiang-chiu and Formosa），是1913年出版，由蘇格蘭長老教會宣教士甘為霖編寫的一部涵蓋晉州（泉州）、漳州、台灣口音的台灣閩南語辭典，俗稱《甘字典》（Kam Jī-tián）。2009年台灣教會公報社重新修訂後出版，書名改為《甘為霖台語字典》（Kam Ûi-lîm Tâi-gú Jī-tián）。
2. 「雖然古韻書沒有，不代表沒有。」主要是因為韻書以官話為主，方言讀音未被列入是很有可能。
3. 「鵜鴞」，老鷹。一般也稱老鷹為「鴟鴞」。

黃小姐留言：「教育部有解說『事』是訓用字。教育部字的問題應在於標準不一，有的用俗字，有的俗字不用改用新造字，有的用訓讀，有的用借音，有的用本字……，都需要個別記憶。」

我們都被教育部搞得好亂……

240

濕一下

　　我喜歡在周五晚上喝點小酒，夏天通常是涼沁的啤酒，350c.c.台啤的金牌或18天生啤酒是我的最愛，其它的外國啤酒只會偶而嚐嚐；冬天喝兩個shot的威士忌，威士忌就不忌了，而且不管是單一純麥或是調和式，嗆辣的、順口的，各有各的特色，來者不拒。

　　喝威士忌時我喜歡配乾果和cheese，先咬幾顆腰果或花生，再小酌一口威士忌，花生的香味會隨著酒精有不同層次的提昇，韻味無窮。這樣的喝法只適合小口小口喝，我想起黃俊雄布袋戲裡的醉彌勒唱的歌[1]：

　　「咱若是心頭結規球，就來飲酒濕一个濕一个，心涼脾土開[2]，嘿！

　　合要五加紅露酒，爽快會輕鬆；

　　濕著太白米酒；頭殼照震動；

　　請大家緊來飲一杯，合要飲著甘露仙酒，攏總是相像，嘿！

　　來來這味的，朋友好兄弟合要來；

　　濕一下濕一下，外好你敢知......。」

　　「濕」在北京語多唸「ㄕ」，也唸「ㄒㄧˊ」，後者跟台

語就比較接近;意思是「水分多的」,與「乾」相對。同「溼」字,如:「低濕」、「潮濕」、「濕毛巾」、「濕答答的」。或是「風濕」,是一種疾病。

還有一個意思是「沾到水」,如:「淋濕」、「別把衣服弄濕了!」醉彌勒唱的「濕一下、濕一下,外好你敢知」就是這樣的概念,它只是喝一小口,讓你濕潤一下嘴巴,不是開懷暢飲。「濕」,【金四時】(sip-4)。

很多人喝酒很豪邁,不僅容易傷身,喝醉也容易出事,因此在婚宴上我們常常都會提醒新郎倌逐桌敬酒的時候要節制,「舕」一下就好。「舕」,吐舌貌,《廣韻》〈平聲談韻〉:「舕,吐舌也。」明朝劉基〈大熱遣懷〉詩:「渡水翅帖帖,守門口舕舕。」台語的讀音是【甘一地】(tam-1),也是解釋為「吐舌貌也」,它通常用在嚐一下食物的鹹淡,例如說「舕一下啊鹹洘。」所以,我們跟新郎倌說「舕一下就好」,就是說舌頭碰一下就好,它比「濕一下」更少,應該說根本沒喝到。

食物不夠吃,北京語會說不夠塞牙縫,東西不夠喝,會說連漱口都不夠。「漱口」台語也寫成「漉嘴」。「漉」,【公八柳】(lok-8)。「無紮齒抿仔,上少嘛著漉嘴,無,真未慣習(沒帶牙刷,起碼也得漱口,不然真不習慣)。」

本文拼音參考。

漢字	十五音	羅馬音	台羅拼音	台語同音字
濕	金四時	sip	sip	溼
舕	甘一地	tam	tam	擔
漉	公八柳	lók	lók	鹿

註釋
1. 歌詞摘自鄧麗君歌曲〈合要好合要爽（醉彌勒）〉，「合要」為發語詞。（「合要」或做「合要」。）
2. 「脾土」，胃口、食慾，心涼脾土開意即心情輕鬆所以胃口大開。

241
話屎

　　我雖然是業務，但是卻沒有業務人口若懸河的特質，我話不多，多半時候是很沉默的，不輕易開口。我老哥比我還誇張，超級不愛說話，超級省話，喔，他是老師。我不知道這跟媽媽的教育方式有沒有關係，記得小時候常被媽媽唸「厚話屎」，或許我小時候也是個會嘰嘰喳喳的小屁孩，被媽媽「厚話屎」的緊箍咒限縮成沉默的羔羊。

　　然而，如果媽媽是覺得我愛講話，她應該說我「厚話」，怎麼是說「厚話屎」？

　　我們《阿娘講的話》冊013篇〈厚屎厚尿〉提到「小便的次數頻繁」叫「厚尿」，「厚屎厚尿」是指一個人小動作多，做事不乾脆。「厚」是「多」的意思，例如說一個人「多禮」叫「厚禮數」；一個人老是擔心這、擔心那，我們說他「厚操煩」，所以，話多，我們稱「厚話」。那「厚話屎」呢？

　　查看「屎」的字源，我們會發現古時候有許多不同的寫法，包括屎、屍、粡、戾、糇、屝、粢、屄、屙、薗、来，等等。很多字都有「尸」，「尸」是象形字，表示一個人蹲坐的樣子；另外，很多字有個「米」字，不知道跟我們以米為主食有沒有關係？

從字義來看，「屎」本意「糞便」，或指分泌物，如「目屎（眼淚）」、「耳屎（耳垢）」。也指遺留下來的東西，例：「祖公仔屎」，它是帶有鄙意對「祖產」的稱呼。

比較特別的是它也當「殘渣」，例如「薰屎」是「煙灰」；「火屎」是火的殘留物，燃燒木炭過後所留下的灰燼，或稱「火渣」。類似的用法，指多餘的東西：「話屎」是指「贅言」，而「字屎」是指「贅字」。還有一個，指「令人討厭的東西」，例：「激屎」是指擺架子、「厚屎」是毛病多。

我的問題來了，「厚話屎」是「厚-話屎」還是「厚話-屎」？前者是指「講起話來很多廢話的人」，而後者是指「令人討厭的愛講話的人」？

既然已經沒有機會再跟媽媽求證，我只好自己假設。台語說的「厚字屎」一般是用於表示文章中的贅詞、贅句太多，所以比照辦理，「厚話屎」是講的話太多廢話！呵呵，蠻好的。

喔，您會覺得這篇文章有點「厚字屎」嗎？如果有，很抱歉，我只是想講清楚一點！（其實這段就是「字屎」。）

後記 ◦

章先生留言說：「若是會寫較無『屎厭棄』也，用『厚話呻』，較會『講甲牽絲兼死雞兒腸』。您母毋是在罵你，是在『明貶暗褒』啦」。

呵呵，謝謝章先生提點！

羅小姐留言：「被這篇認真的分析文笑到不行，真的邊看邊笑，平常都有聽過甚至自己也會說，但沒想過這麼多背後的涵

義，超棒的！我愛這篇啦啦啦～！！！台語就是簡單又直接了當表達語意～」

陳先生補充說：「多屎多尿，逃屎逃尿。」（小時候常會有同學上課時藉故上廁所，老師都會說他「放屎逃性命」。）

徐小姐也問：「激屎跟結屎面是一樣的嗎？」

二者不太一樣。「激屎」是態度上的驕傲、擺架子；而「激屎面」強調面部「擺臭臉」。

似乎大家對「屎」還滿有興趣的......。很感謝大家的支持，台語有很多有趣的東西值得大家探索，而且不經意就會出現喔！

242
趄趖

　　村子裡的社團以前常常會舉辦旅遊活動，包括社區發展協會、早安俱樂部、老人關懷中心、還有我媽媽的早覺會，差不多一兩個月就會出門玩一次，加上廟裡每個月的賞兵會，真的是三天兩頭吃喝玩樂，但是新冠肺炎疫情後停辦了好一段時間。最近開放後，大家又開始到處玩了，前幾天他們去大崙山茶園銀杏森林步道，有位姐姐的臉書貼了好幾張照片，其中有一張照片是一座竹編金雞母模型，底座有一個洞，兩旁寫著：「ㄉㄥˋ金雞孔，金銀財寶呷嘜空。」

　　這兩個句子有好幾個該調整修正的地方。「金銀財寶呷嘜空」，「呷」就不再重述了，「嘜」字現在一般的用法都是當做否定後面動詞的副詞，有句話說「好膽嘜走」是說「你有種就不要離開」，「嘜」相當於北京語的「不要」、「別」。所以，「金銀財寶呷嘜空」的「嘜」，應該是要寫成「莫」字。

　　我們繼續看前面那一句，「ㄉㄥˋ金雞孔」。台語廣義的「洞」用「阬」字，「金雞孔」照理應寫為「金雞阬」。不過「阬」字已被認為與「坑」同，寫正確的字反倒會讓人看不懂了……。

注音符號的「ㄌㄥˋ」是要表達「穿過、鑽」的意思。教育部的建議用字是「軁」，教育部《台灣閩南語常用辭典》中收錄的詞是「軁鑽」，音讀nǹg-tsǹg，意思是「鑽營、善於變通」，例：「伊真賢軁鑽，隨覓著頭祿（他很善於鑽營，馬上就找到了工作。」

　　但是「軁」在《康熙字典》的解釋是：「音妻。軀軁，傴也。又隴主切，音縷。傴或作軁。」簡單來說，「軁」同「傴」，背脊彎曲，「軀軁」是駝背。而它的台語讀音是【沽五柳】（lo-5，傴僂，背曲不伸也）。這又是教育部這本辭典胡亂抓個字借用的例子。另外，「傴」讀音【居二英】（i-2）。

　　「趚」，奔跑。《史記》卷一一七〈司馬相如傳〉：「糾蓼叫奡蹋以艐路兮，蔑蒙踊躍騰而狂趚。」「趚」台語讀音【褌三柳】（lng-3），走也。另外，「趲」，逼趕、催促。趙師俠〈酹江月·丙午螺川〉詞：「趲柳催花，摧紅長翠，多少風和雨。」《兒女英雄傳》第五回：「公子只得催著牲口，趲向前去。」「趲」台語讀音【褌三曾】（chng-3），前也。「趚趲」應該才是教育部所說的「軁鑽」應該的寫法。

　　「趚趲」這兩個字確實都滿冷門的，但是不需要把它們丟掉吧！觀光景點如果也肩負一點教育責任，可以教會很多人「趚趲」怎麼寫。

本文拼音參考◊

漢字	十五音	羅馬音	台羅拼音	台語同音字
軂	沽五柳	lô	lôo	盧
慪	居二英	í	í	以、與
趚	褌三柳	lǹg	nǹg	--
趲	褌三曾	chǹg	tsǹg	鑽

243
吞忍

　　父親說下周五李遠哲院長要到我們村子的大廟參拜,中午約
了幾個人一起用餐,也請我父親出席,他正在煩惱要不要出席。

　　1994年行政院教育改革審議委員會成立(簡稱「教改
會」),由當時中央研究院院長李遠哲擔任主任委員兼召集人,
在1994到1996年運作期間,共提出四期諮議報告書及《總諮議
報告書》,作為日後台灣教育改革的重大依據。不論是法令、師
資、課程、教學、教科書、財政等方面,均有重大的變革,變動
之大堪稱台灣教育史上之最。

　　教改之初,父親還在學校服務,他就批評過很多做法是不可
行的,他也強調教育是一種專業,非受過「師範體制」訓練的,
不適合制定教育政策。或許父親把「師範體制」看得太偉大,但
是教育真的是一種專業,不是受過教育的人就會懂得教育。多年
後「教改」被普遍地認為是失敗的,以致後來李登輝指責李遠哲
引入的美國式教育漏洞百出,認為李遠哲該為教改結局負全責;
而李遠哲在2016發表的自傳中表示,廣設大學不是他的主意,
因為當時教改審議委員會所提出的建議報告根本未被採用。不
過,如果「建議報告根本未被採用」是真的,李遠哲為何在備受

批評時要如此「忍氣吞聲」？沒有看過他自傳的人可能不會了解，而會批評他的人基本上是不會去看他的自傳的，他自己如何能為自己及教改審議委員會成員辯解？

「忍氣吞聲」這個詞若摘出兩個動詞，再調換位置就成為「吞忍」，也就是台語常用表示「忍耐」的用詞，按捺住感情或感受，不使發作，例：「你若是有委屈就愛講出來，千萬不通吞忍（你如果受了委屈，就得說出來，千萬不要隱忍不說）。」教育部《台灣閩南語常用辭典》解釋與例句用得滿好的，基本上是按捺住感情或感受，特別是「遭受不當的對待」。

但是這裡「吞忍」的「忍」要讀【君二柳】（lun-2）的音，與一般「忍耐」的「忍」唸【金二入】（jim-2）不同。

台語有句俗諺：「忍氣求財，激氣相刣」[1]，有些時候忍著點，不見得不好，大家鬧翻了也於事無補。

所以或許李遠哲在「吞忍」的幾年間都是在生悶氣，直到寫自傳的時候才說出來。「生悶氣」，台語有一種說法叫「氣暢忍」，意思是忍著一肚子氣，例：「抵著歹人客來咧花，咱雖然氣暢忍，嘛著好禮仔加伊安搭（碰到難纏的客人來找碴，咱們雖然一肚子氣，也得好生安撫他）。」

如果不想忍，也忍不住，有句台語「疼呴未忍得嗽」，比喻心中有話要說，不吐不快。

氣喘病的台語，教育部閩南語常用字典建議寫為「疼呴」。有位醫生說嚴重氣喘的病人在吐氣的時後會發出He～He～He～的聲音，所以「疼」是擬聲字；而「呴」是喉頭吐氣發出聲音的意思，是呼吸道的病。但是「疼」在《集韻》〈類篇〉：「從虛

交切，音囂。瘄癩，喉病」；另《正字通》：「一說久咳不已，
連喘，腰背相引，坐寢有音者，俗名為瘄病」。所以，「瘄」
有它的意思，不單是擬聲字。它的台語有兩個音，【嘉一喜】
（he-1，癩瘄也）與【交一喜】（hau-1，癩瘄，喉病），前者
是常用的發音。

　　也有人說是「瘄鼓」，其中「鼓」是藉鼓風爐的音來模仿
「瘄喘」的聲音，這樣的說法也需要查證，但是至少我們知道跟
「蝦龜」都沒有關係，不能讓烏龜這樣一直無辜下去。

　　聽說李遠哲這次到台南市要把他的諾貝爾獎相關文物捐給歷
史博物館。如果這星期我父親不患「瘄呴」的問題，我倒想建議
他出席，或許可以知道李遠哲「吞忍」的原因，至少出門走走，
跟大家聊聊天，總比宅在家好。

本文拼音參考。

漢字	十五音	羅馬音	台羅拼音	台語同音字
忍	金二入	jím	jím	荏
	君二柳	lún	lún	--
暢	恭三他	thiòng	thiòng	--
瘄	嘉一喜	he	he	咳
	交一喜	hau	hau	--
呴	沽一喜	ho	hu	呼
	居三喜	hì	hì	肺、戲
鼓	沽二求	kó	kóo	古

註釋
1. 「忍氣求財，激氣相刣」是比喻為和氣生財。「刣」建議用「殺」字。

244
紅膏赤蟻

　　不知道是這世界本來就小還是現代的社群媒體太強，我最近天天在臉書上看到一位高中畢業至今未曾謀面的同學的貼文照片，或者是早餐午餐，或者電影的某個鏡頭要你猜電影片名，或者是他公司的員工照片—兩隻貓課長，也常是他在電梯裡一身勁裝備準備出門騎自行車加上他一臉的誇張笑容。

　　我在Y協會當小志工，他在C公益劇團是大贊助者，我們有一位共同的朋友在這兩個團體都擔任義工。某天這位共同的朋友和他聊天，聽他說他是台南人，於是問了他就讀的高中，然後問他認不認識某某人，他說：「我同班同學呀！」就這樣，我找到高一同班，之後因為分組重新編班分開，幾十年沒聯絡的同學。

　　新北市北海岸「萬里蟹季」的公關與宣傳活動是他做的案子，我突然聯想到他出門騎自行車的樣子和一句台語—「要去紅膏赤蟻，轉來鼻流瀾滴」。

　　「紅膏赤蟻」是形容一個人臉色紅潤，身體健康，例：「伊食到七十外矣，猶更是紅膏赤蟻（他活到七十多歲了，還是臉色紅潤身體健康）。」

　　一般來說，豐滿而帶有紅色的光澤，可以用「紅牙」來形

容，例：「伊的面色紅牙紅牙，看著真勇健（他的臉色紅潤紅潤，看起來很健康）。」而「紅牙」通常會重疊使用，如前面例句所說「紅牙紅牙」。

但是「紅膏赤蟛」的強調的不僅臉色紅潤，更是強調身體健康。我們所說的蟹黃是指母蟹的卵（黃色或橘色）及肝胰臟（黃色）；公蟹沒有卵，所以公蟹所看到的黃色「蟹黃」是牠的肝胰臟；而公蟹的精稱為「白膏」，但因部分蟹卵呈膏狀，也被稱為「紅膏」。簡單來說，具有「紅膏」就是精力旺盛的蟹傢伙。但是至於何謂「赤蟛」，我並沒有找到說明，而從詞義上來看，我認為這裡的「赤」並不是顏色，而是表示「兇悍」的用法，與「赤查某」用法相同。蟛的殼比蟳多刺、螯更尖，兇巴巴的蟛是「赤蟛」，精力旺盛又兇巴巴的蟛就稱為「紅膏赤蟛」。

因此，教育部說「紅膏赤蟛」的異用字是「紅膏赤脂」，以致有人把這詞解釋為「形容女子氣色很好、臉頰紅紅像蘋果似的」，這樣的引申就偏離了原本的詞義了。還好，至少目前網路上查得到的大多還是用「紅膏赤蟛」這四個字，看來這又是教育部帶頭發揮無限的創意。要提醒一下，「脂」的讀音是【居一出】（chhi-1），而「蟛」是【居八出】（chhih-8），雖然同音但不同聲。

關於「赤」，除了紅棕色，也當「裸露、空無一物」，例：「褪赤腳」是「打赤腳」。另一個常用的用法是「烹調食物的時候因為火候足夠使得食物呈現微焦的紅棕色，但是還沒有燒焦的程度」，例：「這尾魚仔煎了有赤（這條魚煎得微焦）。」

前面提到「要去紅膏赤蟛，轉來鼻流涎滴」這句話，表面上

是「出門時紅光滿面，回來時卻狼狽不堪」。父親建議我不要寫這句話，他說這句話是「有顏色的」，但是我覺得這是語言的真實面，不需要特別避諱什麼。

　　到目前為止，我還沒當面見到我這位失散多年的高一同學，改天要去拜訪他，看看他，不是看長得「紅膏赤蟻」的他，而是看他會不會請我吃萬里的「紅膏赤蟻」。

本文拼音參考。────────────

漢字	十五音	羅馬音	台羅拼音	台語同音字
蟻	居八出	chhih	tshih	--
脂	居一出	chhi	tsi	之、芝

245
銅管仔車

　　經常看我哥在臉書貼他去賞鳥的照片，每次回台南都很想跟他去追鳥。有一次請他載我去看琵嘴鴨，他說他要換一下車，不要開這部「銅管仔車」出門。

　　「銅管仔」是「馬口鐵罐」，「銅管仔車」原本是用「馬口鐵罐」和竹竿以及縫衣線的線軸做成的玩具，用竹竿推著走，會發出唭哩哐啷的聲音。因為這個「唭哩哐啷」的特性，「銅管仔車」被引伸當作老爺車、二手車的代稱。也有人會寫為「銅罐仔車」，或坊間多以方言記音方式寫為「銅拱仔（栱仔）車」。

　　雖然也有人用「銅管仔車」來稱呼小型廂型車，但是通常對於小型商用車，特別是貨車，我們會稱為「發財車」，台語叫「發財仔」。

　　「發財」原本是三陽與本田合作在台灣生產的600cc的車型名稱，小轎車名「富貴」，小貨車名「發財」，「發財仔」的名字就一直被延用，一般而言2500 cc以下，或載重2噸以下的商用車都可稱為「發財仔」。這有點像Xerox原來是影印機的品牌，後來變成影印機的名詞以及影印的動詞，不過現在已經普遍改為photo copier或copying machine。

關於「黑頭仔車」，網路上的說法有許多都蠻值得商榷的，甚至有人把它跟賓士車劃等號，是有點誇張。我的理解是這樣，大家參考：早期的私人轎車大都是黑色，能有一部這樣的車的人是少之又少，說是身分地位的表徵，一點都不為過。後來國軍少將以上官階的座車也都是黑色，於是「黑頭車」被用來稱呼豪華氣派的乘用車。三十年前，裕隆汽車生產的「勝利3000 c.c.」，普遍被當作一些軍官用車，有一次我父親開了一輛，車頭還有兩支旗桿的，到附近某高中，進校門時，警衛還起立、立正、對我父親行禮。我爸停好車，這警衛小跑步過來問：「請問長官哪位？」

　　聽說後來配給陸軍上校人員的座車都是1600 cc的國產旅行車，而因為顏色是綠色，就被戲稱為「小青蛙」，但是好像沒有台語名稱。

　　過去幾年興起的休旅車、跨界車，好像也都沒有台語名稱，因為大家都不太用台語來稱呼它們，大不了叫「旅行車」。

　　自行車比較幸運，除了我們熟悉的「腳踏車」、「孔明車」，還有人稱它為「自輦車」、「動鏈車」，甚至「碌硞馬仔」。

　　摩托車也是一個被台語遺忘的產品，不論是スクーター（Scooter）或是オートバイク（Autobike），都是日文的英文外來語，它們都不是台語。唯一可以想到的是「噼噗仔[1]」，三零年代的摩托車，騎起來會發出「噼噼噗噗」的聲音，所以被稱為「噼噗仔」。

　　有趣的是，在成都和貴陽一帶，摩托車也有「打屁車」的稱

呼，這與「噼噗仔」有異曲同工之妙；另外在哈爾濱和瀋陽，被稱為「電驢子」。

本文拼音參考 ◦ ─────────────

漢字	十五音	羅馬音	台羅拼音	台語同音字
按	干三英	àn	àn	--
	官七喜	hoaⁿ-7	huānn	岸
扞	干二求	kán	kán	簡
	干七喜	hān	hān	汗、瀚
紡	江二頗	pháng	pháng	--

後記 ◦ ─────────────

利先生認為：「銅管車應該是台語中古車的音變」。

這就讓大家自行參考。另外補記一個「轆轤馬仔」，「轆轤」原來是指馬蹄聲，「轆轤馬仔」用來指稱到處發出雜音聲響的舊車。

雞母尻川鴨母嘴

在捷運上常常會遇到愛講話的人，很多小女生從上車到下車嘴巴都不會停，講話速度超快，動作表情又超多，我每次看到她們快速顫動的嘴巴，都會想起「雞屁股」。

台語是有句話「彼枝嘴宛若雞母尻川」，說「那張嘴巴好像母雞的屁股」，不過這句話的意思卻跟外型沒有關係，而是指愛說些拍馬屁的話，或說大話、誇大口，甚至於胡說八道，使人感覺不舒服的人。

很多俚語我們只知其然，但不知其所以然，說到雞屁股，我只會想到七里香以及公雞、母雞和小雞不擇地而出的排泄物，「雞母尻川」跟「胡說八道」如何扯上關係，真的是完全無法理解。

「鴨母嘴」就比較正常，有句話說「鴨母嘴，罔叨」，是說母鴨的嘴隨便動動，姑且撈點食物，引申為有機會撈就撈，撈到多少，均無所謂，反正沒損失。

「叨」，在教育部《台灣閩南語常用辭典》裡的解釋是：「動物（如禽類或爬蟲類）搖頭晃腦或咬或啄以覓食的動作，例：『鵝仔會加人叨（鵝會追咬人）。』」另外，也可以用

在「因為心中的貪念而向他人糾纏」，例：「叨錢（纏著要錢）」。這裡的「叨」讀【高一柳】（lo-1）的音。但《彙音寶鑑》上的注音是【高一地】（to-1），也因為它【高一地】的讀音，現在很多人把它拿來當作「佗位」的「佗」來用。

雞或鳥吃東西，比較常用的說法是「啄」，例：「雞仔啄米（雞啄米）。」除了它的本義，「啄」也引申為「佔人便宜」，例：「彼擔賣果子的定定啄人的秤頭（那攤賣水果的常常啄人秤頭。意指偷斤減兩）。[1]」「啄」，【公四地】（tok-4，鳥食物也）。

除了「啄」，還有一個常用的字是「捅」[2]【公二他】（thong-2）。「啄」和「捅」這兩個動詞有一點點的小差異，「啄」比較像是正常地吃，而「捅」有點出其不意或攻擊的意味，例如果樹上的水果被小鳥偷吃會說被鳥「捅」去，不用「啄」去。

另外，「捅」有「超過、多出來」的意思，我們說某人三十出頭歲會說「伊三十捅歲」。也有「顯露出來」的意思，例：「你內衫的手袂捅出來矣，緊摸入去（你內衣袖子露出來了，趕快將它拉進去）。」

順便提一下「逡」這個字，北京語的解釋是「走路謹慎的樣子」（《說文解字》〈辵部〉：「逡，行謹逡逡也」）或當作是是副詞「隨意的、無目的的」（《淮南子》〈精神〉：「渾然而往，逡然而來。」）台語讀【交四柳】，狗食也。也就是說狗在吃東西的時候，打開上下顎一咬一咬的動作叫「逡」。（不過我是還有點懷疑這字的結構如何會與狗吃東西扯上關係？）

剛好有一句俗話「十嘴九尻川」，比喻人多意見紛歧。其實它的真意在說：明明只有九個人，卻是像有十張嘴巴在說話，這句話跟「三色人講五色話」相似，比喻人多意見多，各種人說各種意見，莫衷一是。

比較不公平的是為何是「雞母尻川」和「鴨母嘴」？這樣不好的形容詞都是雌的，公鴨和母鴨的嘴不是一樣嗎？公雞的屁股跟母雞的屁股不也應該長得差不多嗎？不是也都拉屎嗎？「生雞蛋个無，放雞屎个有」，嚴格來說這應該是用來形容公雞才貼切。

本文拼音參考

漢字	十五音	羅馬音	台羅拼音	台語同音字
叨	高一地	to	to	刀
	高一他	tho	tho	滔
佗	高一他	tho	tho	滔
啄	公四地	tok	tok	督
捅	公二他	thóng	thóng	統
遛	交四柳	lauh	lau	--

註釋

1. 較常用的說法為「食秤頭」。
2. 「捅」字未被收錄於《彙音寶鑑》，此為教育部閩南語字典收錄。音與解釋符合一般用法，所以採用之。

咖啡

　　我是一個咖啡的重度依賴者，但是不太有品味。我每天早上都必須喝二杯咖啡，不然，運氣好的話整天無精打采，運氣不好就會嚴重偏頭痛。但是我又不能在下午時段喝咖啡，因為晚上會睡不著。很多人很會品嚐咖啡，也很挑剔，但我喝咖啡一點也不挑，我連三合一咖啡都不排斥，這樣是不是不挑到沒品味？

　　前一陣子看到一個對「咖啡」兩字台語的討論，文中提到：

　　「咖啡台語說成『嘎逼』，但是嗎啡台語卻說成"摩ㄏㄨ一"，不曉得有沒有人知道咖啡台語有沒有某些典故才會念成『嘎逼』？」

　　其實不僅是台語，我連北京語都覺得奇怪！

　　「咖啡」的「咖」，平常也用在「咖哩」，它來自Curry的音譯，可是北京語字典雖然寫「ㄎㄚ」，但是我們平常都讀「ㄍㄚ」，所以我常常「咖哩」出現打字的障礙。

　　「咖」，除了「咖啡」、「咖哩」，目前會被用在「角色」，例如「A咖」、「B咖」、「勇咖」、「不是咖」，這裡的「咖」是借用來的，本來是台語的「腳」。一般台語說「腳數」，指的是戲臺上演戲的角色，也表示某種身分地位的角色，

例：「好腳數（好角色）」，或引申為人的膽識。例：「伊腳數未醜，有事誌攏伊咧出頭（他膽識不錯，有事情都是他出面解決）。」

回來說「咖啡」。有人說：早期Coffee引進台灣來時，台灣人按照日語早期將コーヒー寫成的漢字「珈琲」的做法來寫書寫，但是因為「琲」字很少見，大家把它誤讀為「啡」。問題是「啡」在《康熙字典》就記載著「鋪枚切，音胚」，也就是說「啡」在大清官話中，只有pei-1（漢拼）這個音，這可能是咖啡台語變成「嘎逼」的原因。

我覺得這樣說有點怪怪的，用清朝官話來推論台語讀音，應該找不到答案吧。首先，「珈琲」是日文漢字，北京語「琲」是「ㄅㄟˋ」的音，台語「琲」的讀音是【檜二頗】（phoe-2，朱玉百枚）。用北京語或台語唸日文漢字本來就有問題，何況「琲」的音要比「啡」的音偏離英文原因更多，讀錯的解釋是不合理的。其次，如果說是讀錯，可能會是把「啡」唸成「悲」，因為「悲」台語讀【居一邊】（pui-1），跟『嘎逼』是接近的。

在日本人才剛離開台灣沒幾年的1953年所出版的《彙音寶鑑》上，就已經有「啡」字，且說「啡」的讀音是【規一喜】（hui-1），解釋寫：咖啡、嗎啡。也就是說這是符合Coffee的音的讀法。

不過，這還是沒有解決「嘎逼」的問題。

咖啡真正傳入中國，可能是在清朝晚期。在《廣東通志》裡有「鴉片戰爭後『番人』煮『黑酒』，飯後消食。」的記載。「黑酒」很可能就指咖啡。至於正式音譯名稱，最早的紀錄是

1866年一本稱為《西餐烹飪教程》的書，把它寫為「嗑肥」。這本書是美國傳教士高丕第夫人為當時給洋人做飯的中國廚師所寫，書中講授了烘焙咖啡的方法，提到：「猛火烘磕肥，勤鏟動，勿令其焦黑。烘好，乘熱加奶油一點，裝於有蓋之瓶內蓋好，要用時，現軋。」

「嗑肥」北京語聽起來還蠻可愛的。而「肥」的台語【規五喜】（hui-5）、【規五邊】（pui-5），把聲母「喜」變為「邊」，反而是比較有可能是造成「嘎逼」的原因。

另外還有一個懸案：打混、摸魚的台語跟「嗎啡」的台語同音，但是怎麼寫卻有不同的說法。

教育部說是「摸飛」，不做正事偷溜去做別的事情。例：「伊上班的時定定覓空縫走去外口摸飛（他上班時常常找空閒溜到外面摸魚）。」「摸」應該是【公八門】（bok-8）、【沽五門】（bə-5），「飛」的音倒是沒錯，【規一喜】（hui-1），只是不知道如何解釋得通？

有人說是「默非」，「默」是漆黑看不見，比喻無人知曉；「非」是為非作歹，小則偷空玩樂。這也很有創意。「默」，【經八門】（bek-8），音差蠻多的。「非」，【規一喜】（hui-1）。

也有一種說法是「摩翬」。「翬」也是讀【規一喜】（hui-1，大飛也又雉名也）。音也是對的，但是我也不知道如何解釋。搞得我頭好痛，我不需要「嗎啡」，但是不是該來喝一杯「咖啡」？不然就得出去「摩翬」一下……。

本文拼音參考。

漢字	十五音	羅馬音	台羅拼音	台語同音字
啡	規一喜	hui	hui	翬、輝、妃
琲	檜二頗	phoé	phé	--
摸	公八門	bȯk	bȯk	牧、睦
	沽五門	bô	bôo	模、膜
飛	規一喜	hui	hui	翬、輝、妃
默	經八門	bȧk	bik	麥
非	規一喜	hui	hui	翬、輝、妃
摩	姑五門	bôⁿ	môo	毛
翬	規一喜	hui	hui	啡、輝、妃

後記。

　　黃小姐留言：「曹老師也考據過，《廈英大詞典》就有kopi（高卑），大馬福建話迄今還是kopi。台語卻從kopi轉成kapi，而非日語kohi，pi應該是從閩南就傳下來的音，ka則不知從何而來，漢字有邊讀邊變成『加悲』是滿可能的。」

　　許多外來名詞在音譯的過程都會有很大的誤差，所以我們只能安慰自己說這也是蠻正常的......。

248

屎礐

以前從台北開車回老家，都是走一高在新營／鹽水交流道下，這幾年多了兩個選擇，一個是走台61西濱快速道路，這是一高塞車時的最好選擇，從馬沙溝下快速道路到我家只要三分鐘；另一個是一高過新營繼續南下再去接84，然後學甲下，到我家也只要十分鐘左右，很方便。

「學甲」的「學」文讀音唸【江八喜】（hak-8），白話音讀【高八英】（oh-8）。文讀音唸【江八喜】用在「學校」、「學習」、「學科」，已經爭論很久的論文門，蔡英文是個「休學」的「學生」，也沒有繳「學費」，沒有「學分」，如何能在倫敦政經「學院」完成「學業」，取得「法學」博士「學位」？許多「學界」的「學者」都提出質疑，認為應該弄清楚她的「學歷」，不能損害「學術」倫理。大部分的狀況都是讀【江八喜】（hak-8）。

白話音用在當動詞的「學」東西，例如：「學工夫」、「學技術」。以往稱「學校」為「學仔」，稱「夜校」為「暗學仔」，都是用白話音，另外，逃學或翹課，稱為「逃學」或「走學」，也都是白話音，例：「伊不時走學，莫怪功課無好（他常

常逃學，難怪功課不好）。」

　　也有些狀況唸文讀或白話都可以，例如「倫敦大學」的「大學」，兩個都唸文讀或兩個都唸白話，都可以，但是不要一白一文。

　　我小學六年級有一次月考考不好，被老師罵，他當著全班同學的面罵我說：「你爸還希望你讀大學，讀屎礐啦！」

　　「礐」在《說文解字》是說「礐，石聲也。」段玉裁注：「當云水激石聲也。」也就是水拍打石頭的聲音。《爾雅》〈釋山〉：「（山）多大石，礐。」—山有很多大石頭，稱「礐」；也有堅固、堅定的意思。

　　但是《彙音寶鑑》說：「礐」，【江八喜】（hak-8）（與「學」文讀同音），廁池、石礐。也就是說在台語它除了原來的意思，還有另一個解釋是糞坑的意思。早期的廁所，在地上挖一個大坑，架上木板即可使用，非常簡陋，例：「屎礐仔空愈扰愈臭（糞坑越攪越臭）。」而「屎礐仔蟲」是糞坑的蛆蟲，通常用來形容一個人身體不定，喜歡動來動去。例：「你莫像屎礐仔蟲蝛蝛鑽（你不要像糞坑裡的蛆蟲一樣，動個不停）。」

　　「大學」的「學」與「屎礐」的「礐」同音，但是他們是完全不一樣的東西。無論如何，我覺得一位老師用這樣的話責備學生真的不太好。這句話我記了一輩子，很抱歉，我心裡從來沒有感謝過他。

本文拼音參考。

漢字	十五音	羅馬音	台羅拼音	台語同音字
學	江八喜	ha̍k	ha̍k	斛
	高八英	o̍h-	o̍h	--
礐	江八喜	ha̍k	ha̍k	斛

249

罯

今年好像都還沒冷到，有幾次氣象預報說會很冷，但都是狼來了，並沒有冷的感覺，所以一直到冬至厚外套都仍是英雄無用武之地。直到前幾天才有稍微冷的感覺，聽說山上下雪，吸引人潮湧上山，但是平地也都還有十一、二度，以前說冷是七、八度才算冷。

半夜醒來，發現我兒子窩在客廳看書，身上裹著一條毯子。一般的棉被或毯子北京語說是用「蓋」的，但是台語「不是蓋的」。台語的「蓋」讀做【甘三去】（kham-3，崁蓋也，）或【瓜三求】（koa-3，器蓋也）），以及【皆三求】（kai-3，覆也，又語詞也），都不是【膠四求】（kah-4）的音。「蓋被子」台語說「甲被」，「甲」，【膠四求】（kah-4），依大衛羊的解釋，乃是取「冑甲」防禦的意思，目的是「禦寒」。

兒子身上「裹著」被子，這不能說「蓋著」，更不是像穿衣服說「穿著」，台語的用法是類似披肩用「披」的。

台語的「披」有兩個音，一個是【居一頗】（pe-1），開也、散也、分拆也。它用在「晾衣服」，把衣服披展開來晒乾或風乾，台語稱為「披衫」。

另一個是【官一門】（boaⁿ-1），拿披肩、衣服罩在肩上，這樣的動詞讀做【官一門】的音。比較特別的是「勾肩搭臂」這個詞，把「手臂」搭在別人肩膀上，也叫「披」。坦白說，「披」有【官一門】的音是蠻令人訝異的，或許是這樣，有人寫作「幔」，說「相幔肩」、「肩胛頭相幔」，但是「幔」是【甘七門】（ban-7）的音，意思是「布幔」，我覺得要用「幔」還不如用讀音同為【官一門】的「襒」。《蘇菲亞看台灣》說這個字始自宋《集韻》，傳到《康熙字典》，到台灣的《彙音寶鑑》，中斷於《電子辭典》，只保存在「鳥來伯劇場」中的對白。「襒」，胡衣也，據說王昭君出塞穿的披風就叫「襒衫」。胡人侵犯中原，漢人心生怨恨，鄙視胡人衣著如布幕，而創此「襒」字。台灣人傳承宋朝語文又此一例。我覺得這是比較合理的解釋，而且比「披」字要好。

　　天氣冷外出時多加一件衣服，台語說「㲯」，讀做【膠八他】（thah-8），它是重疊的意思；而「疊」也有【膠八他】的讀音。所謂「㲯一領衫」就是多「疊加一件衣服」，基本上「㲯」等於「疊」。

　　「㲯」字少用，「疊」有「堆聚、累積成一層一層」的意思，例：「物件相疊（東西重疊在一起）」、「親疊親（親上加親）」、「人疊人（比喻人擠人）」。若用在「你更加疊一寡錢，這項物件就賣你」就是「添加」的意思。「一疊冊」是「一疊書」，當計算重疊成堆的東西的量詞。

　　「疊」另有一個音【兼八他】（thiap-8），堆聚、堆砌。累積成一層一層的。例：「疊磚仔（疊磚塊）」。還有一個音【兼

八地】（tiap-8），重也、累也。

　　夜深了，更冷了，提醒您晚上睡覺多加一床棉被，而且要「甲互好」。

本文拼音參考。

漢字	十五音	羅馬音	台羅拼音	台語同音字
蓋	甘三去	khàm	khàm	崁，勘
	瓜三求	koà	khuà	芥、掛
	皆三求	kài	kài	屆、介
甲	膠四求	kah	kah	胛
披	居一頗	phi	phi	丕
	官一門	boaⁿ	mua	--
氅	膠八他	thàh	thàh	疊
	甘四地	tap	tah	答、搭
疊	膠八他	thàh	thàh	氅
	兼八地	tiàp	tiàp	蝶
	兼八他	thiàp	thiàp	--

250
零星

　　網路上有篇文章，作者在一位謝老師的台語課學到「闌珊」，他說：「零錢的台語lan-san，大多以為寫作『零星』，其實應該寫為『闌珊』，是『燈火闌珊處』的『闌珊』。這兩個字在《康熙字典》裡的意思是『燈火將滅、如金屬般隱隱閃爍的光』，在清代就用『闌珊』指銀角，沿用至今，銀角轉為零錢。『台語不俗，是極文雅的啊！』謝老師說。」

　　我同意「台語不俗，是極文雅的」，但是，說「闌珊」是零錢，是蠻勉強的。

　　「闌珊」可當「衰落、蕭瑟的樣子」解；南唐李煜〈浪陶沙〉詞：「簾外雨潺潺，春意闌珊。」宋辛棄疾〈青玉案〉東風夜放花千樹詞：「驀然回首，那人卻在，燈火闌珊處。」都是有名的句子。也當「衰減、消沉」，例如「意興闌珊」；而「近況闌珊」意思指現在的情況不好，處境困難。《康熙字典》裡說「燈火將滅、如金屬般隱隱閃爍的光」，也應該是「燈火闌珊」的解釋，而不是「闌珊」這兩個字的解釋；也就是說，不能把「燈火闌珊」的解釋當作是「闌珊」，然後又隨意引申。

　　教育部《台灣閩南語常用辭典》的建議用字是「零星」，意

思是「零數、零碎、零錢」，例：「你敢有零星通好找我（你有沒有零錢可以找我）？」

「零」的讀音【經五柳】（leng-5，餘兩、零餘）與【干五柳】（lan-5，零剩、零碎）。「星」的讀音【經一時】（seng-1，列宿之總名）與【更一出】（chheⁿ-1，天上星辰）。（問題是「星」沒有【干一時】（san-1）的音。）

有人認為是「刐刪[1]」。他說以前人賣豬肉，如果太大塊，可能就會「刐」一塊或「刪」一塊起來，被「刐」或「刪」下來的叫「刐刪肉仔」，在給下一位顧客的肉不夠時就用這來補。聽起來還滿有道理的，可是「刐」解釋雖然是「割也」，但是讀為【干二地】（tan-2），接近但也不同。（我們先用「零星」好了，與北京語接近，容易辨識、理解。）

習慣上，「零星」用在「非大鈔」，所以小鈔或是零錢硬幣，都可以是「零星錢」或「零星仔」。「零星」的概念也被擴大範圍，舉例來說，對一般人而言，一萬兩萬是很多錢，但是對於一個富翁，五萬十萬對他都算「零星」。網路上有人造了個句子：「對乾爹郭董來說一千萬是零星仔，對你而言10塊才是零星」。因為這樣，「零星」也有小事一椿，輕而易舉的意思。

網路上有人問：「零錢的台語，有朋友說是『銀角仔』，不過我自己習慣說的卻是『藍三』，是否真的南北有別？」照理說，「銀角仔」特別指銅板、硬幣，它沿自古時後的碎銀，「零星仔」則是零頭、相對小額，不限於紙鈔或銅板，它們的意義是不同的。但是，不要再寫「藍三」了，又搞得我頭痛需要喝一杯「藍山」。

本文拼音參考。

漢字	十五音	羅馬音	台羅拼音	台語同音字
闌	干五柳	lân	lân	蘭、難
珊	干一時	san	san	山
零	經五柳	lîng	lîng	齡、能
	干五柳	lân	lân	蘭、攔
星	經一時	seng	sing	升、生
	更一出	chhe^n	tshenn	青、腥
刐	干二地	tán	tán	等
刪	干一時	san	san	山、珊

註釋

[1.] 有建議「刐刪」的說法，但是刐北京語讀「刪」的音，解釋為「刈也」。

後記。

　　楊先生補充：「銀角仔gîn-kak-á：零錢、硬幣、銅板；散票suànn-phiò：零鈔、小額鈔票」。

早在寫《阿娘講的話》冊070篇〈聞香〉時，蔡英文有沒有博士學位的問題就已經被質疑好多年了，如今又過了兩年，自稱「街頭藝人」的彭文正博士依然持續每天追「論文門」，雖然越來越多不合常理、不合邏輯的奇怪事證被發現，但是似乎還看不到這事件落幕的一天。

北京語說「事有蹊蹺」，台語也用「蹊蹺」這兩個字。「蹊蹺」第一個用法是當名詞，用來表示「怪異、違背常理」，例：「這幾工仔伊攏不講話，是有啥物蹊蹺無（這幾天他都不說話，是發生什麼奇怪的事嗎）？」基本上，拿蔡英文的論文門來造句，差不多就會得100分。

「蹊蹺」當動詞用則是指「挑毛病」，例：「伊足賢蹊蹺（他很會挑毛病）。」若當形容詞用是指「狡滑」，例：「伊這種人足蹊蹺兮（他這種人很狡猾）。」台語也有「蹺蹊」的反序說法，事實上在明朝《水滸傳》、《西遊記》到清初的《醒世恆言》、《今古奇觀》¹都有提過「蹺蹊」的用法。一個詞可以當動詞、形容詞、名詞用，還可以倒著說，真是個好用的詞彙。「蹊」，【居一去】（khi-1）與【嘉五喜】（he-5）。

「蹺」,【嬌一去】（khiau-1）。

有「蹊蹺」的事情,就會有些細節兜不攏,台語說「鬥未峇[2]」。「峇」是密合的意思,例:「門關無峇」是門沒有關緊;瓶蓋有沒有蓋緊,也用這個字。而因為「密合」的意思,也引申用來當「契合、投緣」,例:「個兩个個性誠峇（他們兩個個性很合得來）。」「峇」,台語讀做【膠七門】（ba-7,合密也）;「密」,【巾八門】（bit-8,疏之對也、稠也）或【干八門】（bat-8,不疏也）。

對於一件事的猜測,如果你事先猜對了,你可以說:「我臆曷峇峇」,也可以說「我臆曷對對」或「我臆曷對同仔對同」。

「對同」是表示「吻合、恰當」,例:「事誌攏互你講曷對同仔對同（事情都被你講得十分吻合）。」而如果是相反,或是「不對勁」,我們會說「無對同」,例如:「我愈看愈無對同,恐驚是騙局（我愈看愈覺得不對勁,恐怕是騙局）。」

這裡又出現台語保留古漢語用法的例子。「猜」,台語用「臆」字,例:「我不講,互你臆（我不說,讓你猜）。」元宵節「猜燈謎」我們說「臆燈謎」;「臆出出」是「早就料到、猜到」,指很容易猜出來的意思,例:「伊想要創啥,早就互逐家臆出出矣（他想要幹什麼,早就被所有人料到了）。」「臆」,【經四英】（ek-4）,一般讀為【茄四英】（io-4）;「猜」,【皆一出】（chhai-1）。

互你臆看我等一下要創啥?

我要去睡覺了。該不會被你「臆曷對啊同對同」吧?

本文拼音參考。

漢字	十五音	羅馬音	台羅拼音	台語同音字
蹊	居一去	khi	khi	欺
	嘉五喜	hê	hê	蝦、分、葭
蹺	嬌一去	khiau	khiau	撬
煏	經四邊	pek	pik	逼
臆	經四英	ek	ik	益
	茄四英	io	ioh	--

註釋

1. 西元1524年的《水滸傳》二十五回:「這人從來不曾與我喫酒,今日這杯酒必有蹊蹺。」1592年的《西遊記》七十一回:「蹺蹊!蹺蹊!他的鈴兒怎麼與我的鈴兒就一般無二!」1623年的《醒世恆言》第四卷灌園叟晚逢仙女:「那九州四海之中,目所未見、耳所未聞,不載史冊,不見經傳,奇奇怪怪,蹺蹺蹊蹊的事,不知道有多少。」以及《今古奇觀》五十三卷,滅帖僧巧騙皇甫妻:「只因這封簡帖兒,變出一本蹺蹊作怪的作品來。」
2. 「峇」在《彙音寶鑑》寫為「容」。

252
傀儡練鑼

本冊247篇說到「咖哩」時，在教育部《台灣閩南語常用辭典》看到一個很有趣的四字熟語——「咖哩嗹囉」，說它是傀儡戲正式開演前連續敲打的響鑼，引申為開始，例：「猶未咖哩嗹囉咧。」

我問父親有沒有聽過，他說：「很久沒聽到了，但是聽起來有點怪，以前問你奶奶要吃飯沒，她如果還沒煮好會說：『猶未咖哩囉咧！』意思是還早，時候還未到，但是怎麼寫不知道。」

這是個有趣的問題，於是，上網查！沒錯，果真一查就查出教育部閩南語字典荒唐的地方，它說是：「咖哩嗹囉」。但是這裡的「咖哩」其實應該是「傀儡」。

網路上有位江先生解釋說，傀儡戲（偶戲）是戲頭，如果有其他的戲（歌仔戲或布袋戲等的）與傀儡戲同地演出，必須讓傀儡戲先開鑼，其他戲才能開始，是江湖規矩。「還沒傀儡鑼咧！」就是形容事情都還沒開始，還沒起頭。江先生也感慨地說現在傳統戲班都不懂這規矩了。」

也有人說：「曾經看過傀儡戲演出，在最初會請戲神田都元帥出場清淨戲棚，有的會搭配『哩嗹囉』這樣一串咒語。」不過

這讓人有點懷疑，因為在《台日大辭典》有提到：「傀儡唪鑼」ka1 li2 lian1 lo5＝猶未」。也有寫作「傀儡練鑼」的：「猶未傀儡練鑼咧，連主人都猶未來。」不過，「連主人都猶未來」這句話是有點跳得太快，照理說，是因為「傀儡戲」的目的在鎮煞，所以由「傀儡戲」開鑼的目的是在這裡，不是說它是主人。

「傀」，【規二去】（khui-2，傀儡）、【檜一求】（koe-1，偉也、大貌、美也、盛也）；「儡」，【規二柳】（lui-2，傀儡）、【嘉二柳】（le-2，傀儡）。「咖」，【膠一求[1]】（ka-1，咖啡也），「哩」，【居七柳】（li-7，語詞也）。「傀儡」與「咖哩」的讀音是蠻近似的。

傀儡戲是福建地區很重要的一種戲劇，對後來的莆仙戲、法事戲，在戲目、音樂、曲牌、身段都有很大的影響。台灣的移民祖籍以閩粵為主，特別是泉州、汀洲、漳州，台灣的傀儡戲在南部以台南高雄為主，北部則以蘭陽平原為主要的演出區域。至今主要是依附宗教而留存，因為娛樂需求不強而無法普遍流傳。

有朋友聽到這四個字，以為是「偕你聯絡」，還真點像。倒是，教育部閩南語字典對「咖哩唪囉」的解釋也清楚地提到說它是「傀儡戲」正式開演前連續敲打的響鑼，引申為開始。教育部知道這四個字是傀儡戲敲鑼打鼓的聲音，怎麼會想到寫成「咖哩」，肚子餓了嗎？肚子餓了去問我奶奶要吃飯沒，她可能會跟你說：「猶未傀儡練鑼咧！」

本文拼音參考 ◆

漢字	十五音	羅馬音	台羅拼音	台語同音字
咖	嘉一求	ke	ka	嘉、佳
哩	居七柳	lī	līh	利、例
啡	龜一喜	hui	hui	輦、輝、妃
琲	檜二頗	phoé	phé	--
傀	規二去	khuí	kuí	軌
傀	檜一求	koe	kui	檜、瑰
儡	規二柳	luí	luí	蕊、累
	嘉二柳	lé	lé	禮

註釋 ───────────────────────────

1. 《彙音寶鑑》注為【嘉一求】（ke-1），但是目前都是讀【膠一求】（ka-1）的音。

253
棉褯被

　　第249篇〈翌〉提醒大家：「夜深了，更冷了，提醒您晚上睡覺多加一床棉被。」現在我們來聊一下棉被。

　　小時候住日式宿舍，冬天一到，媽媽會把棉被從壁櫥拿出來，不是衣櫃，日式房子有很大的壁櫥，分上下兩層，是放棉被用的，也是玩躲貓貓用的，哈哈。以前我們講衣櫃是用日文，たんす，它的漢字很有趣，寫為「簞笥」。「簞笥」原是裝食物的器具，孔子曾稱讚顏回：「賢哉，回也！一簞食，一瓢飲，在陋巷。人不堪其憂，回也不改其樂。賢哉，回也！」「簞」是盛飯的圓形竹器，「笥」是以竹、葦編成，用來放衣物或食物的方形箱子。「簞」，【甘一地】（tan-1）；「笥」，【龜三時】（su-3）。

　　前幾天有一位網友在本冊215篇〈水圳〉留言：「圳是台語的會意字，就像『刈』一樣，不須與中文混淆。類似的有日文的『丼』，跟中文意義也沒有關係。」基本上日文漢字的用法和中文有很多是有很大的差異，但也不是說所有的字都完全沒有關係，北京語和台語也會有類似的問題，但他們還是有相當程度的關聯，不需要一竿子打翻一條船。

由於受到北京語的影響，現在台語也都跟北京語一樣說「棉被」。「被」的本義是「睡眠時用以覆體的夾被」，在現代漢語中，繼續沿用了它的本義。「被子」是蓋在人身上的，這種狀況台語讀【檜七頗】（phoe-7，臥時以禦寒也）。它的引申而有表面、覆蓋、施加、遭受等義。而詞義虛化，「被」字還表示被動，是「叫、讓」的意思，如紙被風吹走了、被捕，這時它讀做【居七邊】（pi-7，及也、受也、復也、負也、寢衣也）。

　　但是我們小時候都說「棉裇被」，不是「棉被」。「裇」音【迦三曾】（chia-3），原意是指包裹嬰兒的衣被，如：「裇子」。所以也有人說「棉裇被」是一種統稱，包括小孩與大人的被子。（「裇」另一音【嘉八時】（she-8）。）

　　以前的棉被是用棉花做的，製作的過程需要用棍子拍打、用繩子彈，所以製作棉被台語叫「拍被」。我們村子東邊的苓仔寮早期是台灣「拍被」重鎮。現在的被子很多都改用蠶絲。

　　媽媽把棉被搬出來後，會把它鋪在榻榻米上，然後拿出被單，要把棉被裝在被單裡，這叫「入被」或「入被單」。「入」的這用法在本冊236篇〈舀水〉討論過，就不重複。

本文拼音參考。

漢字	十五音	羅馬音	台羅拼音	台語同音字
箪	甘一地	tan	tan	單、丹
笥	龜三時	sù	sù	賜、駟
被	檜七頗	phoē	phuē	--
	居七頗	phī	phē	--
	居七邊	pī	pī	備、弊

漢字	十五音	羅馬音	台羅拼音	台語同音字
裇	迦三曾	chià	tsià	蔗、藉
	嘉八時	shè	sèh	--
蠶	甘五出	chhâm	tshâm	慚

254

著災

　　生活中常常會聽到一些字不知道怎麼寫的字，字典不一定找得到，從書籍、網路、文獻資料上去查，也不一定會有答案，有的時候常常有不同的看法，該不該相信、該信誰的，成為我憂心的，因為這樣下去，以後的人不是更難找到答案？往好處想，至少用法還有被留下來，音還在，只是沒人知道該怎麼寫。舉例來說，當作「找碴」、「刁難」的動詞，我們說「khia」或「khia空」，這是口語還很常聽見的，有的字典寫「迦」，但是「迦」這個字在北京語字典中的解釋是「音譯用字」，也就是說它只是一個音，沒有意義，而且台語的讀音是【迦一求】（kia-1）；也有人寫「敧」，它的意思是「歪斜不正」，或「依傍、依靠」，讀音是【居一英】（i-1）的音。在《彙音寶鑑》中，【迦一去】（khia-1）只有「奇」和「單」，沒有其他字，因此還得花點精神去找這常用詞的原字。

　　不過也會有令人高興的事，至少讓我覺得是值得把它寫下來的。前幾天我父親做了一些練習十五音呼法的PowerPoint，其中有一個字是「絕」，我們平常熟悉的音是【觀八曾】（choat-8，斷也、奇也、起也、息也），但是它還有一個音是

【嘉八曾】（cheh-8，絕種），例如「孤毛絕種」。【嘉八曾】這個音讓我想起小時候常聽見的一句話——「死絕」，這是個罵人的話，例如「死絕仔」或「死絕囡仔」；也拿來表示「非常糟糕」的意思，通常就說「死絕啦！」。

另一個例子，「災」。我們常用的是【皆一曾】（chai-1）的音，如火災或水災，「消災解厄」也是讀這個音，例：「伊去廟裡拜拜，祈求消災解厄（他去廟裡拜拜，祈求消災解厄）。」

「災」另一個讀音是【嘉一曾】（che-1，災滅亡），用在「受難、遭殃」，例：「這聲慘矣，互你害一下連我嘛著災矣（這下慘了，被你害得連我都遭殃了）。」而它比較常用的是在指雞鴨等動物感染瘟疫，例：「伊飼的雞仔攏著災死了了（他養的雞都感染瘟疫死光光）。」

同理，猴瘟則稱「猴災」，不過，「著猴災」常常是用來罵人的，罵人嚴重地「著猴」；「夭壽災」是罵人「短命鬼」。

前面提到高興的是我學到「絕」的【嘉八曾】讀音以及「災」的【皆一曾】讀音，把他們撿回來，即使這些都不是令人開心的詞……

本文拼音參考。

漢字	十五音	羅馬音	台羅拼音	台語同音字
迦	迦一求	kia	kia	袈
奇	迦一去	khia	khih	--
敧	居一英	i	i	伊、衣
絕	觀八曾	choat	tsuat	--
	嘉八曾	cheh	tseh	--

漢字	十五音	羅馬音	台羅拼音	台語同音字
災	皆一曾	chai	tsai	栽、知
	嘉一曾	che	tse	劑、掣

後記 ◦ ————————————————————

　　高先生補充：「著死囡仔災」。小時候是常聽到有大人這樣罵小孩。

　　高小姐留言：「現在小孩連用台語罵人都不會，只會幹幹叫。感恩老師能留多少是多少！」謝謝，大家一起努力！

掉無寮仔門

這幾天有個新聞，嘉義市一名江姓網友在臉書貼文，表示家中養了兩年多的「弟弟」（一隻英國藍色短毛貓），在嘉義市五福街走失了，由於「弟弟」與家人相當親，每晚都跟著他們睡，對他來說，「弟弟」就是家人、就是他的小兒子；弟弟走失後，他太太一直在哭，因此他第一時間懸賞30萬元尋貓，後來加碼到50萬元，鉅額懸賞在網路上造成轟動。

新聞曝光後立即引發熱議，吸引許多人到江男住家巷口「幫忙找貓」，江男還一度擔心因巷口太多陌生人導致貓咪不敢回家而緊急刪文。

北京語形容「多」會用「多如牛毛」，但是台語卻是用「貓仔毛」，所謂「話厚曷若貓仔毛」就是指話說個不停，比貓毛還要多，就是喋喋不休的意思。不管是牛或是貓，反正毛都很多，這句話不會有問題。

會有問題的是「貓毛」與「龜毛」。「龜毛」用來形容人對小事情優柔寡斷、猶豫不決，或者有一些莫名其妙的堅持，例：「一甌茶斂袂[1]嫌燒，斂袂嫌冷，你實在有夠龜毛（一杯茶一下嫌太燙，一下嫌太冷，你實在有夠龜毛）。」而「貓毛」是指凡

事吹毛求疵，任何小細節都不放過，多如貓身上的毛。

　　由於二者有點近似，網路上有人展開了一些討論，基本上同意二者還是有些差異。有人說：「龜毛」是對自己的堅持，「貓毛」是對別人的挑剔。有人說：「一個明明就沒有毛，不知道在堅持什麼；一個明明就沒辦法舔乾淨，還是要一直舔。」因此有人下結論說：「龜毛是以自我為中心挑剔，貓毛是故意挑人毛病。」

　　那麼，「捎無貓仔毛」又是什麼？

　　這句話是指「不得其門而入」，一般也清楚它是「捎無寮仔門」的誤寫。字典上「毛」有【姑一門】（boⁿ-1）與【姑五門】（boⁿ-5）的音，講「貓毛」與「龜毛」讀【姑一門】的音；但如果是講「貓仔毛」的「毛」，一般會讀【褌五門】（bng-5）的音，而這個就是「門」字的讀音，這也「寮仔門」變成「貓仔毛」的原音。

　　「寮」是簡陋屋舍[2]，據說全台有280幾個地方的地名用到「寮」這個字，我老家村子附近就很多，苓仔寮、番仔寮、頂口寮、下口寮、中寮、溪墘寮、山仔寮、三寮灣、蚵寮……，這樣看來恐怕不只280個。

　　「捎」，【交一時】（sau-1，掠也）。但是一般我們說的是【膠一時】（sa-1）的音[3]，「捎無總」是摸不到頭緒的意思，也說「捎無總頭」或是「捎無頭總」。「總」亦作「總」，讀做【江二曾】（chang-2，括也）。

　　古時候不像現在方便，晚上去工寮都是摸黑去的，如果摸不到工寮的門就沒辦法開門進去，摸到「貓毛」也沒用！

聽說後來「弟弟」是自己摸到門回家，這門是「貓的家的門」，不是隨便「工寮的門」，能為一隻貓懸賞五十萬的家絕對不是個工寮吧。

本文拼音參考

漢字	十五音	羅馬音	台羅拼音	台語同音字
毛	姑一門	bo^n	moo	--
	姑五門	bô^n	môo	魔
	褌五門	bîg	mîg	門
捎	交一時	sau	sa	稍
搜	膠一時	sa	soo	--
	嬌一出	chhiau	tshiau	超
摠	江二曾	cháng	tsáng	鬃

註釋

[1.] 「斂袟」為立刻、馬上的意思，教育部《台灣閩南語常用辭典》寫為「連鞭」。

[2.] 參考《阿娘講的話》冊037篇〈傖更有力，大碗更滿墘〉。

[3.] 《彙音寶鑑》收錄【膠一時】（sa-1）的字是「搜」。而「搜」字的白話音讀【嬌一出】（chhiau-1）。很多人把「捎」寫為「挲」。「挲」音【高一時】（so-1）是我們說「搓湯圓」的「搓」。而「搓」的台語讀做【高一出】（chho-1，摩也）或【瓜一時】（soa-1，挪開也）。

256

一箍遛遛

　　早上出門買早餐，看到一位阿伯在遛一隻沙皮狗。這位阿伯穿著拖鞋，拿了一包衛生紙（應該是包狗大便用），從圓環上走下來，經過早餐店，跟老闆打了個招呼，沙皮狗往前走了七八步又回頭，回到早餐店門口的行道樹旁，抬起後腳撒了尿，這位阿伯跟著狗回頭跟早餐店老闆再度照面，兩人尷尬地再次打招呼笑了笑。

　　有趣的是這隻狗，撒完尿之後轉身，用後腿扒了扒，牠大概是想扒些沙子蓋住牠剛剛撒的尿，可是這是水泥地，扒不出沙子。我看了看牠，牠轉頭看我一眼，從牠滿臉的皺紋中射出一道不屑的眼神，就是狗眼看人低的那一種，似乎在跟我說：「看啥！」然後又繼續扒。

　　我覺得有趣的是牠為何沒有感覺到牠扒的是水泥地，扒不出砂土，扒土，對牠來說好像只是一個習慣動作，只是一種儀式。我對狗沒有研究，不知道家有毛小孩的人怎麼看這件事？

　　遛狗的主要目的是讓狗狗出去大小便，聽說很多人訓練他們的狗用馬桶，就可以省去遛狗的麻煩，所以，這表示牠們是有學習能力的，誰說「狗改不了吃屎」？（不過在家裡馬桶大小便的

狗好像還是改不了吃屎......）「江山易改，本性難移」，台語通常是說「牛牽到北京還是牛」。

有人問「遛狗」的台語怎麼說？哈哈！好問題。我們先要問，以前人遛狗嗎？應該沒有，所以，應該沒有這個詞，一般比較文雅的說法就是「牽狗出去散步」。

既然說不出「遛狗」的台語詞，我們就聊聊「遛」。

「遛」，【ㄐ五柳】（liu-5），不進也。然而，「遛」字習慣上是讀第三聲，不是第五聲。教育部《台灣閩南語常用辭典》對這個字的解釋比較多，它說第一個意思是「脫、褪」，例：「遛皮（脫皮）」、「遛疕仔（瘡痂脫落）」，或是「遛手」，意思是手滑脫手、失手，握不住物體，例：「阿母洗碗的時，盤仔煞遛手摔破去（媽媽洗碗時，失手將盤子摔破）。」

第二個意思是「流浪、遊走」，例：四界遛（四處流浪）。也當「騙」來用，例：「遛人的錢」就是「騙人的錢」。也當「狡猾的、機靈的」，例：「遛精仔」指「小滑頭」。

或許我們最常聽見的是「一箍遛遛」，「一箍」是「一箍人」，通常是有貶意的在指稱「一個人」，有種像一塊木頭無腦無用的意味。「一箍遛遛」則是有「孑然一身」、「別無長物」、「無某無猴[1]」的味道。

本文拼音參考。

漢字	十五音	羅馬音	台羅拼音	台語同音字
遛	ㄐ五柳	liû	liû	琉

註釋

1. 「無某無猴」請參考《偕厝邊頭尾開講》冊180篇〈無講無呾〉。

257
三角六尖

　　我應該算是很宅的一個人，平常不太與人交際，很少出門，Line上除了家人、同學就是工作需要的同事與客戶，臉書盡量少加新朋友，平時不看電視……。上下班搭捷運時看看網路新聞、看捷運上的乘客，是我接觸我所存在的都市的方式。照理，觀察不同的人是有趣的，但是聽到三姑六婆講話三角六尖的，或是自以為是三頭六臂的年輕人一副三角六肩的樣子，都會打壞我旅途的興致。

　　漢語有很多「三X六Y」的用詞，其中「三」與「六」都是代表多數的數字，不是絕對的「三」或是「六」，「三姑六婆」是一群婆婆媽媽，不是三個姑姑和六位阿婆，「三頭六臂」也不是三個頭、六隻手，意思是很多個腦袋很聰明、很多手可以做很多事，很能幹。

　　「三角六尖」的三和六也是表示多數，不是三個角、六個尖，「一句話三角六尖」是指說話帶很多角、很多刺，話鋒尖銳，講話帶刺很傷人的意思，例：「話就好好啊講，不通一句話三角六尖。」

　　不過，「三角六肩」的三和六就可能不太一樣了。依照教育

部的解釋，「三角六肩」釋義是走路的時候聳動肩膀，使高低變化而大搖大擺，好像很跩的姿態，例：「彼箍行路使三角六肩，未輸迌迌人（那傢伙走路大搖大擺的，就像黑道中人）。」教育部又說它的近義詞是「三角肩」。但這樣的問題是「六」又該如何解釋？

有句台語俗諺：「一句話三斤六重」。台北市立圖書館兒童電子圖書館網頁小博士信箱說：「三斤六，只是重量的一種形容，為什麼是「三斤六重」呢？因為我們小小的三寸之舌懸掛三斤六重的言詞，分量已足夠了。在比喻每一句話要說出口之前，必須非常謹慎小心，對於任何的承諾，都必須說到做到。」

也有人說：「一斤十六兩，三斤六是五十四兩，意思是會「誤死（五四諧音）」。有人講話很隨興也不看場合，專說些不該說或不恰當的，容易造成誤會不說，有時因言惹來殺身之禍。所以有此警世的俗語。」

但是一般來說，它是比喻「說話很重」，形容所說出來的話意中充滿著排斥性，心不甘情不願的，或是回應的話中帶刺，很難聽。

臉書社團「台語社」曾有位許先生發表對「三斤六重」意思的意見，他說：「此俗諺有三个意義，其一剾洗對方所言超過事實，講著話好親像每件事情攏誠嚴重。其二是形容某乜人講話有份量，有影響力。其三是指講話時無情無願。這句話也共咱講咱必須謹言慎行，因為言多必失，常常因為咱隨便講出的一句話，得罪著別人，而傷著別人的心，所致不時愛注意自己的言詞，避免無必要的誤解。佮華語的『一言九鼎、一諾千金』全

意思。」[1]

　　這樣的解釋蠻完整且合理。我覺得這是台北市圖該注意的，也是我們應該要學習的地方。

註釋

[1]　此引用原文，雖有部分用字與作者意見不同，但仍保留原文。

258
儼硬

　　上個月到高雄做志工，剛好我老哥在橋頭當網球比賽的裁判，所以順道去看球、看老哥。

　　搭高鐵到左營，轉捷運到橋頭，中間有一個站叫「後勁」。「後勁」的「勁」，當地人台語唸【更七語】（ge^n-7），跟「硬」的讀音相同；但是，「勁」的台語讀音應該是【經七求】（keng-7），當地人讀為【更七語】，我猜應該有特別的典故。

　　然而，我只查到「後勁」一名是源自鄭成功的抗清「七十二鎮」之一，稱「後勁鎮」。明鄭在台灣建立政權後，派遣軍隊到各鎮設屯開墾，其中後勁鎮即是在今日後勁一帶。又「後勁鎮」是因為靠近「後勁溪」而來，而後勁溪溪名不可考......。雖然我還沒找到，但我做白日夢有個異想天開的想法：「【更七語】這個音，字典裡寫的是「硬」與「硻」[1]，並說「硻」同「硬」，因此，有沒有可能是前人把「勁」和「硻」搞混所發生的錯誤？（這和「鹽」、「塩」、「鹹」的狀況很類似[2]），您也可以當我胡扯。

　　球場是在橋頭竹林公園，從捷運車站走過去有一小段路，但遠遠地就聽到砰～砰～砰～，熟悉的軟式網球聲音。

以前大部分人的網球概念多為軟網，約莫是1970年代後期，美國的詹姆斯·史考特·康諾斯（James Scott Connors）、小約翰·派屈克·馬克安諾（John Patrick McEnroe, Jr.）、瑞典的比約恩·博格（Björn Borg）及捷克的伊凡·藍道（Ivan Lendl）等人的比賽，透過電視轉播，讓大家對硬網的關注快速提升，特別是在張德培和王思婷崛起後，將軟網的興趣轉移到了硬網。之後，軟、硬網人口消長，讓許多打軟網的也改打或兼打硬網，所以要去打球的時候要先問一下要打「軟的」還是「硬的」。

「軟的」的台語，「軟」讀【褌二柳】（Ing-2）沒有問題，但是「硬的」的台語是要怎麼說？如果是直接從「漢字」發音，他應該是要讀【更七語】，但是如果軟硬網的區分是從球的軟硬判別，那麼，「硬」應該是要讀【經七地】（teng-7），也就是說應該是「丙」[3]。

台灣軟式網球的風氣是從日本時代留下來的，據說軟式網球出現是因為在19世紀末，網球（即現在所謂的硬網）運動傳入日本後，當時的日本無法生產硬式網球，進口球價格又極昂貴，因此日本人使用軟的橡膠球代替，逐漸發展為軟式網球運動。

網球的日文是「庭球」，一般都是稱為テニス，即英文的Tennis。硬式網球則稱ハードテニス或こうしきテニス。ハード是英文Hard。而軟式網球則是ソフトテニス或なんしき。ソフト是英文的Soft。所以，北京語稱「硬網」、「軟網」，台語應該是「丙網」、「軟網」。

我老哥是國家裁判中年齡算很輕的，在球場看到的裁判幾乎都是一頭白髮。原因應該也很簡單，一來是打軟網的大都是早期

的網球人口，所以平均年齡要大一些；其次，有閒功夫去當義務裁判的，大部分都是退休教師，我哥退休幾年而已，所以還算是菜鳥。

而這些人雖然有點年紀，但是因為平常持續運動，身體都還蠻硬朗。身體「硬朗」，台語可以用「儉硬」來形容，例：「我老罔老，腳手猶真儉硬（我雖然年紀大了些，手腳還很硬朗）。」同意詞有「硬挣」、「硬插」。「儉」，【兼二語】（giam-2）。

「儉硬」的另一個意思是「堅強」，例：「弓蕉去予風颱掃倒了了，咱著較儉硬咧，重來。（香蕉全被颱風吹倒了，我們要堅強一點，重新來過。）」它的反義詞則是「軟洴、軟弱」。這裡兩個「軟」，台語又讀不同的音，前者是【裈二柳】（lng-2），後者是【觀二入】（joan-2），真的有點麻煩！

去打球好了，不要再煩這個問題，打硬的軟的都好。很懷念以前村子裡那麼多人打球的時代！

本文拼音參考 ◦ ─────────────────

漢字	十五音	羅馬音	台羅拼音	台語同音字
勁	經七求	$k\bar{e}ng$	$k\bar{i}ng$	競
硬	更七語	$g\bar{e}^n$	$ng\bar{e}$	碙
	經七求	$k\bar{e}ng$	$k\bar{i}ng$	競
有	經七地	$t\bar{e}ng$	$t\bar{i}ng$	定
軟	裈二柳	$l\acute{n}g$	$n\acute{g}$	--
	觀二入	$joán$	$luán$	輭

註釋

1. 「硜」,【更七語】,同「硬」。

2. 請參考《偕厝邊頭尾話仙》冊136篇〈鹹洪〉。

3. 「硬」與「冇」的差異,請參考《偕厝邊頭尾話仙》冊124篇〈冇冇有〉。

259
摷匀

最近看了一個日劇—「派遣醫生Doctor X」，每一集都在講這一位技術高超的非體制內醫生，進行各種高難度，甚至匪夷所思的手術的故事。

其中有一集的手術患者，癌細胞已經擴散到胃、腸、肝、胰與心臟，醫生認為需要進行手術切除腫瘤；由於讓心臟停止跳動做外循環的時間只能數小時，大部分的醫生都會採取二次手術的方式先處理一部分器官，下一手術再處理其他的。但是派遣醫生Doctor X決定同時做多重器官摘除，在有限時間內把所有應處理的臟器分給不同的醫生做腫瘤切除再接合。我無法想像這樣的故事情節的真實性，但是直接想到的一句話是這個病人「規組害了了」，意思是每個功能、每個機能零件都壞了，壞得很徹底。

有一個形容詞，「摷匀」，可以用來形容「徹底」或「全面性」。

「摷」，讀做【嬌五曾】（chiau-5，匀也）。它其實是一個是很常用的字，我們攪拌東西的時候要攪拌均匀，就是這個字。只不過大部分北京語字典中並沒有這個字，大衛羊先生用的是「僬匀」，但是「僬」音【嬌一曾】（chiau-1），「僬僬」

是「明察」的意思，「僬僥」是一種矮人族，所以我個人認為「僬匀」可能不適合。

飲料加糖要拌匀，炒菜加鹽巴要拌匀，揉麵條要揉匀，都是用「㴙」這個字。如果一個競賽隊伍中，每一位成員的實力都不錯也很平均，也會用「㴙」來形容，例如：「今年這隊的球員誠㴙，拿冠軍有希望（今年這球隊隊員的實力整齊均匀，有機會可以奪冠）。」

「㴙」還有一個用法，指「絕大部分的」，例如考試的時候，某個題目幾乎每個學生都不會、答錯，我們可以說「這个題目㴙未曉兮」；又例如春天到了，我們村子外面的木棉花樹葉全掉光了，叫「㴙落了了」，然後再過兩個月木棉花全開了，也叫「㴙開」。

單獨一朵花，從長花苞一直到盛開，盛開也叫「㴙開」。所以，「㴙」也有「全部」、「到齊」的意思，例如如果一個班的學生全員出席，沒有請假缺席的，我們稱「㴙到」。

當然，你要說「全部到」也不能說錯，但是就是不夠味。

本文拼音參考。———————————

漢字	十五音	羅馬音	台羅拼音	台語同音字
㴙	嬌五曾	chiâu	tsiâu	憔
僬	嬌一曾	chiau	tsiau	椒、招

260
摳芳

　　今年過年過得比較早，大年初一前三天都是假期，有個朋友說不想太早回婆家，因為平常不做菜，過年回家要做很多人的菜，做一頓年夜飯就很累了，連做三天還得了，索性晚一點回家。

　　過年準備年夜菜是真的有點辛苦，因此近年來年菜外賣頗為流行，這兩年加上疫情的影響，大部分人不想外食，所以連大年初二女兒回娘家也有很多人是預定外賣桌菜。

　　我們家也跟著流行，今年訂的是馬沙溝老牌海鮮餐廳「萬味珍」的桌菜。大家吃得很開心，因為很有小時候的味道；特別是「古早味魚翅羹」，這是一道蠻複雜菜，複雜是指內容物複雜，有蝦仁、筍絲、碎肉、香菇、……，還要「勾芡」，而成為帶一點黏稠的濃湯。

　　「勾芡」台語稱為「牽粉」或稱「牽羹」，是烹飪菜餚時，將芡粉用水調勻，加入菜中，使成濃稠狀。

　　還有一道是「筍絲庫腿肉」，它的作法跟「大封肉」一樣，儘管我不大喜歡吃，但是它卻是做「菜尾」很重要的一道菜。

　　「菜尾」指殘羹、剩菜，也稱「菜底」，以前辦喜宴會把大

家吃不完的菜餚混在一起，成為一種口味特殊的菜餚，稱為「菜尾」。由於這道「菜尾」很受喜愛，筵席主人都還會特別準備「菜尾」讓客人帶回家，而菜尾的味道所以廣受歡迎，是因為有「大封」的緣故，沒有「大封肉」的菜尾，味道會遜色很多。

如果自己做菜，免不了要用蔥蒜等香料先「爆香」以引出香味，台語叫「炰芳」。「炰芳」是教育部建議用字，但是「炰」音【兼三去】（khiam-3），與我們說的【堅三去】（khian-3）的音有差異。

《彙音寶鑑》中【堅三去】（khian-3）有個「摼」字，這個字是「牽」的古字，「牽」與「引」為同義詞，所以，引出香味用「摼芳」應該比較適合。

拜訂外食之賜，大家很早吃完年夜飯，姪女就接著炸年糕，侄子烤烏魚子當下酒菜。網路上有很多烏魚子的烤法或烘法可以參考，傳統的作法是放在鍋子裏煎，也有人是在鍋子裡加高粱「煮」，還有淋酒在烏魚子上面點火燒，每個人做法不同，沒有對錯，喜歡就好，但是，對於「烤烏魚子」這件事，不管你是用「烘」的、「煮」的、「燒」的，台語比較普遍的說法是「炰」[1]。

不聊了，我要去吃「炰烏魚子」了。

本文拼音參考

漢字	十五音	羅馬音	台羅拼音	台語同音字
炰	兼三去	khiàm	khiàm	欠
摼	間三去	khiàn	khiàm	譴
炰	龜五邊	pû	pû	鉋

後記。

　　有位Brenda Chen留言：「Goán tau mā sî kóng pû, iû-kî tī tiong-chhiu sî tiāⁿ thiaⁿ-tioh, "koh pû, koh pû！" ☺」後，呂小姐問：「不好意思，可以請教這是甚麼意思嗎？」

　　我覺得對大部分的人要看懂白話字是有點困難，因為Brenda沒有回覆，我也只能盡量幫呂小姐解答：「阮兜嘛是講烌，尤其佇中秋時定聽到『更烌，更烌』。」簡單地說，他們也是用「烌」。

註釋

1. 「烌」，【龜五邊】（pu-5），請參考《偕厝邊頭尾話仙》冊162篇〈揎揎滾滾，豆籤煮米粉〉。

261

姑成

　　我二姊有兩個小外孫，一男一女，分別是五歲和三歲，正值最可愛的年紀。他們的阿姨是他們欺負的對象，經常使喚阿姨幫忙做這做那、帶他們去玩，指揮她東、指揮她西。好像大家也都習慣了，兩個小朋友想要買東西，或是吵鬧纏人的時候，我們也都會叫他們去找阿姨。

　　麻煩別人做事可以用「央教」這個詞，意思是「囑託」，央託差遣人去辦事，例：「選舉的時，逐个候選人都講伊上好央教的（選舉時，每個候選人都說他最能受託辦事的）。」

　　也可以說「央請」，如果一個人「好央倩」就是指他「立即應允並完成別人的請託」。這裡的「央倩」與「央請」都是同義複詞，「倩」、「請」與「央」都是同一個意思，在北京語和在台語的意思都相同，比較不一樣的是台語會用單一個「央」，例如：「伊家己一个，粗重的事志，步步攏着央人（他自己孤單一人，所有粗重的活，樣樣都要請人幫忙）。」

　　有時候麻煩別人得用求的，並不是單純的「央請」，是一種放低身段的請託，我們說「姑成」。這個詞，教育部的建議寫法是「姑情」，異用字是「姑成」，教育部《台灣閩南語常用

辭典》的解釋是：懇求、情商、央求，低聲下氣地向他人央求，例：「我姑情伊規半工矣，伊不答應就是不答應（我向他央求老半天了，他就是不肯點頭答應）。」

《台日大辭典》有收錄「姑成」，釋義「巧言巧語來勸人為伊做事志」。而依蘇菲亞的說法：「姑請」常見於戲文之中，卻無文獻記載，「姑情」、「姑請」形似、音近、義似。也就是說，「姑情」可能是從「姑請」而來，但是應該是「姑成。」

曾經聽過一句話：「姑成人膦不放尿」，說是怎麼拜託都不答應，這句話需要轉下腦袋才容易懂。這個句子，蘇菲亞曾提到：「姑成膦鳥放屎，意思是拜託人做事卻都無回應時罵人的話」。膦鳥是「放尿」用的，但是拜託它「放屎」當然是不可能。是這樣理解的嗎？不管怎樣，都還滿有趣的。

262

唱喏

　　很多詞彙我們常常用，跟著爺爺奶奶唸、跟著爸爸媽媽說，但是卻不知道它的意義，更遑論該怎麼寫。

　　為了減少空氣污染，近年來有些宮廟都勸導不要燒金紙，甚至不要燒香，不過，還是有很多人習慣燒香、燒金紙，特別是在家裡拜拜的時候。

　　香，北京語的量詞是「柱」，台語也可以說「柱」，不過比較常用的是「欉」。

　　拜拜時當酒過三巡，神明吃飽之後，將紙錢拿去化掉前，要把紙錢以雙手捧起，向神明鞠躬致意，這個動作叫做「唱喏」，口語會說「唱一个喏」。

　　「唱喏」是一面作揖，一面出聲致敬，或說「古代貴人駕車出行時，由差役前導，高聲喏喝，使人規避」，它在古文中還頗常見，元張國賓《合汗衫》第一折：「（邦老做拜旦兒科云）嫂嫂，我唱喏哩。」《西遊記》第五回：「大聖歡喜謝恩，朝上唱喏而退。」明周祈《名義考》卷六人部「唱喏」：「貴者將出，唱使避己，故曰唱喏。」

　　百度百科上則說：「『唱喏』，古代的一種交際禮俗，指

男子作揖，並口道頌詞。宋代已流行。用於下屬對上級、晚輩對長輩，即給人作揖同時揚聲致敬。原為應答之聲，東晉時王氏子弟用以為禮，當時人頗以為異，後乃遍用之。唐裴鉶《傳奇》〈崔煒〉：『女酌醴飲使者曰：崔子俗歸番禺，願為挈往，使者唱喏。』宋陸遊《老學庵筆記》卷八：『古所謂揖，但舉手而已。今所謂喏，乃始于江左諸王。簡單地說，就是作揖答禮。』」

「唱」在字典裏有三個音，【姜三出】（chhiang-3）、【恭三出】（chhiong-3）與【薑三出】（chhiu^n-3），但是我們平常口語說「唱歌」是【茄三出】（chhio-3）的音（同「笑」）。

這裡的「喏」，北京語讀做「ㄖㄜˇ」，台語的讀音是【迦二入】（jia-2）。不過，我們平常講的都變了調，「喏」應該是第二聲，卻都讀成第四聲都說成【茄三出】【迦四入】。

當紙錢快燒完的時候，會將敬神的酒潑到燃燒紙錢的灰燼中，有人說它叫「彥錢」，是為了以防止紙灰飛散。但這說法與寫法應該都不對。

「焥」，【干三語】（gan-3），把燒紅的鐵浸入水中淬火，今稱「蘸火」。簡單地說，「焥」是把燒紅的鐵放入水中讓其冷卻，它的效果是讓鐵鋼性變硬。

這裡的用法是「焥錢」，也就是把燒紅的紙錢冷卻，可能是這樣神明比較方便拿走。所以不是「彥錢」，而且「彥」，讀【干七語】。

不過，我們這裡的風俗不太一樣，我們是將酒灑在金爐的

周圍，灑成圓圈形狀，我記得媽媽都會唸：「煠圓圓，互你大趁錢！」

本文拼音參考。

漢字	十五音	羅馬音	台羅拼音	台語同音字
唱	姜三出	chhiàng	tshiòng	倡
	恭三出	chhiòng	tshiòng	縱、從
	薑三出	chhiùn	tshiùn	嚏
	茄三出	chiò	tshiò	笑
咭	迦二入	jiá	jiá	惹
煠	干三語	gàn	gàn	--
彥	干七語	gān	gān	諺

後記。

蔡先生補充：「潳水」。

依照教育部閩南語字典，「潳錢」指祭拜祖先或普渡結束時，將祭拜的酒灑在即將燒完的紙錢周邊或繞著灑，完成祭拜儀式。例：「祭拜愛會記得潳錢（祭拜要記得奠酒）。」

字典中「潳」解釋為閩南語的「冷凍，凍得透骨」或「使冷卻」，但是「潳錢」和「奠酒」是不一樣的事，教育部的例句有點奇怪。

263
厝甴

我有一位堂姊也住在我們村子,她在村子裡交遊廣闊,而且八卦,什麼事情都知道,有什麼疑難雜症,她都可以幫你介紹適當的人來解決,想買蘆筍、番茄,想標會或簽大家樂,她都可以幫妳介紹,想買地也都可以找她。我們給她一個外號叫「街長」。

她小時候還有一個外號,叫「田嬰仔」,因為我三伯母都叫她「田嬰媛仔」。我在《偕厝邊頭尾話仙》冊169篇〈烏貓烏狗〉有提過我三伯母都會叫我「烏貓」,原來三伯母很喜歡幫人取綽號。「烏貓烏狗」我們解釋過,可是沒有人知道「田嬰仔」是代表什麼意思。

「田嬰」是「蜻蜓」,而「蜻蜓」的台語還有很多不同的說法,包括「水乞食」、「秤仔」(其實是指豆娘)」、「田蛉」、「腌蠳」(iam-in)、「公哥」(kang-ko,大蜻蜓)、「田嬰賈」(chhân-en-kó 或chhân-in-kó,春蜓),因品種還有各地習慣稱呼而有所不同。

蜻蜓最特別的是點水的特性,但是「點水」應該跟她有這綽號沒有關係。網路上有一些關於蜻蜓的台語童謠,說蜻蜓是頑皮

的昆蟲，我問哥會不會是「頑皮」，哥說有可能，因為堂姊小時候很頑皮。

台語有些形容頑皮的詞，是五年級生都很熟悉的，可是現在也很少人在用，「屎屄」是其中一個。《彙音寶鑑》中有收錄「屎屄」這兩個字，分別讀【居四曾】（chih-4）與【龜四曾】（chuh-4），字典中的解釋都是說「屎屄」是「玩性」。但是這兩個字在一般字典並沒有收錄，我也懷疑這是不是另外被創造出來的。

另一個是「搭庭」，讀為【甘四地】（tap-4）、【居四地】（tih-4），字典中這個詞的解釋是「忽觸他人」，這就是小朋友喜歡玩的，一會兒碰一下別人、一會兒摸一下別人的無聊把戲，這個詞後來也被拿來形容頑皮。這兩個字在一般北京語字典也找不到。

很多台語真的只留下發音，找不到字，所以有人借用其他的字來書寫，或是創造出一些新字；但大部分是有字的，所以能寫正確的字就應該讓它們光明正大地認祖歸宗。

我三伯母去年九十九高齡返回天家，所以沒有機會再跟她請教「田嬰仔」的意思。許多台語，隨著老一代的凋零逐漸流失，早一天把它們收錄起來是一天，多一個算一個，這個傳承的責任在我們這些被罵過「屎屄」、「搭庭」的四、五年級生的身上。

本文拼音參考。

漢字	十五音	羅馬音	台羅拼音	台語同音字
屎	居四曾	chih	tsih	摺
屌	龜四曾	chuh	tsu	--
佟	甘四地	tap	tap	答
庭	居四地	tih	tih	滴

後記。

　　黃小姐說：「抱歉我無聽過"屎屌"的用法？做形容詞用？」基本上它是當形容詞，也當動詞用。正先生補充說道：「屎屌的發音應該像"記住"」是很接近，但是問題事我們真的需要有更親民的方式能讓大家了解它的讀音，或許也是這樣，林小姐說：「真希望除了文字也能有聲音聽，要不要也做podcast呢～？」呵呵，Podcast，我要等退休才有時間，希望有更多好朋友可以投入先做，比較實際一些。

264
接神

　　大二參加服務隊，有一次到到台南做巡迴服務，由於再過幾天是農曆新年，所以晚會的節目安排了應景的表演，其中有一首是「正月調」：

　　　　「初一早，初二早，初三睏到飽；

　　　　初四接神，初五隔開，初六是舀肥；

　　　　初七七完，初八完全，初九天公生日；

　　　　初十吃食，十一請子婿；

　　　　十二請查某子轉來食泔糜仔配芥菜；

　　　　十三關老爺生，十四月光，十五是元宵暝。」

　　自從那一年學會唱正月調，至今每年過年都會哼兩句。今天是年初四接神日。民間的說法：玉皇大帝掌管三界天眾神佛生靈，眾神佛掌管職司各有不同，玉帝的弟弟「灶王爺」是掌管人間煙火；農曆十二月二十四，灶王爺帶領眾神佛回天庭，一一向玉皇大帝稟告這一年來考察凡間的林林總總與是是非非，所以人們在「送神」的時候，一切儀式力求做得盡善盡美，可以博取眾神的歡心，讓眾神佛在玉帝前美言幾句。初四眾神佛返回人間，所以人們說「二四送神、初四接神」。

「接」字一般讀為【兼四曾】（chiap-1），舉凡「迎接、接待」，例：「緊去接人客（快去迎接客人）。」都適用；也用在「連接、接合」，例：「接骨」；或表示「接到、收到」，例：「我有接著你寄來的批（我收到你寄來的信了）。」也用於「替代」，例：「換你來接手（換你來接手）」、「啥物人接你的缺（誰來接你的職缺）？」或是「繼續」，例：「今仔日做無了个，明仔再更接落去做（今天沒做完的，明天接著做）。」

　　不過，「初四接神」的「接」字，在過去都讀【居四曾】（chi-4）的音，而不是現在大家讀的【兼四曾】（chiap-1）的音。

　　口語上「接」常常當「接觸、聯絡」用，在這裡可以讀【居四曾】或【兼四曾】都可以，例如：「這件事誌伊負責，你佮伊接一下（這件事他在負責，你和他連絡接觸一下）。」

　　比較正式的說法是讀做【居三曾】【兼四曾】，而這兩個字教育部《台灣閩南語常用辭典》建議的寫法是「接接」，它的解釋有二，一為「接洽」，與人商議事情，例：「彼个客戶就互你去接接（那個客戶就讓你去接洽）。」另一個是「接待、招待」，例：「人客來矣，你不緊去接接更蹛這坐（客人來了，你不快去接待，還坐在這裡。）」

　　如前所述，「接」有兩個音，【居四曾】與【兼四曾】，但是寫為「接接」是有點奇怪，跟「重誕」不寫「重重」一樣，可以再討論一下。

　　明天初五是隔開，俗稱「破五」，意味著初一到初四的禁忌，在此日全部破除；南方稱之為「隔開」，「隔開春節假期」，也是撤除所有的供品，年節禁忌取消的意思。正月初五，

也是春節假期結束的日子，大家紛紛收拾心情，準備上工！今年因為周末，初七才上班，可以再耍廢兩天。

本文拼音參考。

漢字	十五音	羅馬音	台羅拼音	台語同音字
接	居四曾	chi	tsih	摺
	兼四曾	chiap	tsiap	汁
至	居三曾	chì	tsì	志

互你

今年歲次壬寅，生肖屬虎，過年期間臉書和LINE一天到晚都會收到有老虎的照片訊息，「虎」字也常被拿來當作吉祥話的諧音，例如「舒虎過年」、「福虎生豐」，還有許多「虎哩發財」、「虎哩平安」等等的創意賀詞。

「虎哩」台語「給你」的諧音，「給」字的台語，教育部的建議用字是「予」，理由是「給」和「予」是同義詞，而「予」和「雨」北京語同音，所以，台語讀為同音也「並無不可」。（一般來說，「予」的數個讀音與「雨」的數個讀音同，但是並沒有【沽七喜】的音，「並無不可」的結論似乎稍嫌草率。）

根據大衛羊的說法，他建議用「互」，是形容一個動詞的方向的詞彙，當「互相」時變成一個「雙向」的用法。至少，這解決了讀音的問題，因為「互」，【沽七喜】（ho-7）。

「虎」字也讓我想起「你虎」。

父親對於發音不標準或音調不對的容忍度不高（哈哈！），每次我搭高鐵回南部他去高鐵嘉義車站大廳等我，都會抱怨一次「各位旅客你『虎』」。

車站的廣播是：「各位旅客您好，現在第一月台即將進站的

是⋯⋯」然後再用台語講:「各位旅客你『虎』,現在第一月台即將進站的是⋯⋯」

2015年有一架軍機在飛行訓練時失聯,有位郭姓女子在她的Facebook上面發表她的看法說:「只是死了一條ROC的黨國鷹犬,實屬大喜,硬該夕賀。」盡管「夕賀」的國語發音和「死好」的台語發音相同,我極不贊同這樣用法,更對這種言論不以為然。但另一方面,「好」和「虎」的台語發音根本是不同的。

「好」字的用途廣泛,在《漢唐字典》收錄了二十四種讀音,包括海口地區特殊的呼應人的回應音。在《彙音寶鑑》中收錄了四種:

【姑三喜】(ho^n-3),意思是「愛也又不釋也」,這個用法例如於「好玄」中,對事情「好奇」台語說「好玄」。

【經三喜】(heng-3),「悅也,同興」,通常是指喜歡某種事物或活動;

【姑二喜】(hon-2),「美也佳也又相善也」;

【高二喜】(h0-2),「美也」。在「你好」的時候要發這個音。

「虎」的發音是【沽二喜】(ho-2),聲母相同,但是韻母不同。即使是「好」的另一個讀音【姑二喜】跟「虎」的【沽二喜】,「姑」與「沽」二字的國語音相同,但是台語的音是不一樣的,一個有鼻音,一個沒有。

在台北搭公車或捷運,也常常會聽見錯誤的發音,例如「車站」變「車贊」,「XX新村」變「XX新春」[1]。

台語用了很多的濁聲母、鼻化韻母和入聲尾韻，這是她和北京話差異較大的地方，加上聲調多，使得她的拼音寫法相對於普通話複雜且困難，很基本的發音錯誤的問題，若無法正確發音，怎可能正確拼音？希望發音問題能被先重視、改正，不要再以訛傳訛，然後再去討論一直有很大爭議的拼音方式問題。

　　我不知道客語的廣播有沒有類似狀況？為什麼我們一天到晚都會聽到錯誤的台語？縣市政府都沒有人懂台語？為何放任錯誤每天數百遍地播放給百萬人次的旅客聽？

　　也有人說這是腔調的問題，有些是，但不全然都是，請問「您稍候」說成「您騷貨」，也可以說是腔調問題？您聽了會開心嗎？再說一次，這是拼音問題，不是腔調問題。

　　有朋友回應我說：「『李虎』通常是北部腔，南部不會。」呵呵，『李虎』也太有創意了，但如果這真的是變成慣用的腔，那就糟了。然而，我這裡講的是高鐵嘉義站......

本文拼音參考。

漢字	十五音	白話字	台羅拼音	台語同音字
虎	沽二喜	hó	hóo	吼、滸
互	沽七喜	hō	hōo	護
予	居二英	í	í	以、椅
	居五英	î	î	怡
雨	沽七喜	hō	hōo	護、互
	龜二英	ú	ú	宇
	居二英	í	í	以、椅
	居三英	ì	ì	意
好	姑三喜	hò^n	hò	--

漢字	十五音	白話字	台羅拼音	台語同音字
	經三喜	hèng	hìng	悻、興
	姑二喜	hóⁿ	hó	--
	高二喜	hə'	hó	僑
村	君一出	chum	tshun	忖、蠢
	觀一出	chhoan	tshuan	穿、川、湍
	煇一出	chhng	tshng	穿、川、艙
春	君一出	chum	tshun	忖、蠢

註釋

1. 「村」的讀音有一個與春相同，【君一出】（chum-1），但是一般會用【觀一出】（chhoan-1）的音。

後記 ◇

　　黃小姐說有位陳淑娟教授已經發了好幾篇論文，調查到台語不對稱六元音系統變化到五元音（o到oo）的現象。

　　另有位An Cou先生說：互，有交換，實體交易，互通有無，比「予」強。

　　黃小姐所說六元音系統變化到五元音（o到oo）最經典的例子就是「雨」的台語和北京語讀音。An Cou先生說的，是與大衛羊先生的看法相同的意見。

266
緩分

　　過年期間，南來北往的人們與車輛，塞爆了國道、火車、高鐵，我家在鄉下，開車怕塞車，距離最近的火車站到我家要40分鐘，高鐵站也要接近50分鐘的路程，都不太方便，搭客運也要麻煩家人去車站接，又怕塞車誤點，會讓接的人等太久。

　　「班車誤點」的台語，很多人會說，但常常都寫錯為「晚分」，因為「誤點」台語的說法發音跟它非常接近，問題是它是錯的。

　　「晚」有兩個音，一個是【觀二門】（boan-2），「暮也、後也」；一個是【裸二門】（bng-2），「晚暗日將落下山之時也」。【裸二門】的音也用在自稱晚輩「晚」的讀音。但這兩個讀音都跟我們平常講「晚上」沒有關係，因為台語是「暗時」或「暗暝」。

　　車班誤點的「延遲」，台語應該是寫為「緩分」。「緩」，【觀七英】（oan-7），「舒遲也」。教育部《台灣閩南語常用辭典》解釋為「延後」，例如「小緩咧（稍微延後一下）」，沒錢繳房租，希望房東寬限一兩天，叫「緩一兩日（延後個一兩天）」。

「緩」這個字還有一個讀音，【君五英】（un-5），「慢也」。因為這個音比較少被注意，又與「匀」同音，因此「慢慢來」常被寫為「匀聊仔」或「匀匀仔是」，「匀」是「均匀」，不一定是「慢」，正確的寫法是「緩聊仔」或「緩緩仔是」。

另外想提的是江蕙儀的歌，「緩緩愛」，歌詞寫的是：

「緩緩仔愛，緩緩等待，緩緩牽阮走，到幸福的所在」，但是唱的是：

「寬寬仔愛（khuann-khuann ài），

寬寬等待（khuann-khuann tán-thāi），

寬寬牽阮行（khuann-khuann khan gún kiânn）（原歌詞寫「走」），

到幸福的所在（kàu hīng-hok ê sóo-tsāi），

咱來寬寬愛（lán lâi khuann-khuann ài，

寬寬講乎你知（khuann-khuann kóng hōo lí tsai），

寬寬流落來（khuann-khuann lâu--loh-lâi），

歡喜的目屎（huann-hí ê bak-sái）。」

我特地加了拼音的原因是為了強調歌詞的讀音，八句裡有六句「緩緩仔」，但是都唱成「寬寬仔」[1]！這就讓我有點訝異，而且還是經過教育部以及某基金會正字認證過的！提過很多次，歌曲歌詞的影響力不容小覷，這首歌從頭到尾都在重複這個被錯誤發音的詞，怎麼辦？說真的，如果我只看歌詞，我會唱成「匀匀仔愛」。

本文拼音參考 ◦

漢字	十五音	羅馬音	台羅拼音	台語同音字
晚	觀二門	boán	bán	挽
	褌二門	bńg	bńg	--
緩	觀七英	oān	uān	媛
	君五英	ûn	ûn	勻、云
寬	官一去	khoa^n	khuann	--

註釋

1. 《阿娘講的話》冊007篇〈寬寬是,較好禮分〉有聊到這個「寬」字的用法,唸【官一去】(khoa^n)的音,請另參考。

267
抻一下

　　騎著腳踏車在村子外圍產業道路運動，經過朋友的養雞場，跟他打了招呼，順便請教最近雞蛋荒的問題。他邀我到屋內泡茶，他說他的雞都有吃益生菌，所以不會臭，我這才意識到真的不像在其他養雞場的經驗，我也就安心地進了養雞場在客廳坐了下來。

　　朋友一邊跟我聊天，一邊教他的兒子泡茶，水開了後沖了茶葉，倒掉第一泡後，再加熱水，然後他說「抻一下」。

　　他的意思是要「等一下」再倒。（以前倒掉第一泡是因為要避免喝到殘餘的農藥，但是現在應該沒有這必要了）。關於「等一下再倒」這句話，「等一下」的台語有很多種說法，「小等」、「慢且」、「等咧」、「較停仔」，基本上這些「等」有「晚一點」的意思，也有可能是「暫時不要」，而「暫時不要」某個程度上來說，會有否定接下去要做的事的意味。

　　但是他說的是「抻一下」。「抻」，【金七時】（sim-7），宋本《廣韻》去聲，震，眒：「抻，抻物長也。」《康熙字典》手部，抻：「《唐韻》荌試刃切，申去聲。展也，抻物長也」。又《集韻》說「癡鄰切，與伸同。申也，引戾也。或作挋。」

台語在這裡把它當作是「延伸、拉長時間」來用。我們到醫院診所看病，通常掛號時會量血壓和心跳，如果你是匆匆趕到，心跳可能會偏快，因此應該稍待片刻再量，這樣的「稍待片刻」就可以說「抻一下」。也就是說「抻一下」是有稍待後會接續再進行的味道，說話的人並沒有反對的意思。

關於「倒茶」這件事，我在網路上曾經看過一些討論，大部分人認為台語用「倒」【高三他】（to-3）是不適合的，應該是用「斟」，也有人說「倒」是由內往外的概念，「斟」是由外往內，前者是「不要了」（跟「摒」的意思接近），後者是「要的」。我個人覺得是動作的大小，「倒」的動作較大而隨興，而「斟」的動作較小而細緻，但是這都不妨礙我們對語意的了解。

不過，「斟」這個字讀做【金一曾】（chim-1），常用在「斟酌」[1]。我們平常台語講的「倒茶」是【巾五他】（thin-5）的音，不是【金一曾】，《彙音寶鑑》收錄【巾五他】讀音的字只有「滇」這個字。但因為這個字並沒有「倒」或「斟」的意思。

聽完朋友的養雞經，發現短期間雞蛋荒可能還不容易解決，不是「等一下」或是「等目瞬仔」[2]就可以。

本文拼音參考。

漢字	十五音	羅馬音	台羅拼音	台語同音字
抻	金七時	sīm	sīm	甚
倒	高二地	tó	tó	島
斟	金一曾	chim	tsim	箴

後記 ⬦

Brenda Chen又留了一段話：「Kám-siā! Góa chit kúi-jĭt-á
tō-sī leh mn̄g goán lāu-bú SĪM chit jī i kó͘-chá bat thiaⁿ-kòe bô?!
Tān-sī tī leh mn̄g ê sî-chūn koh bô chiok khak-tēng ka-kī im
kóng liáu ū chún bô, ka-chài tú-á-hó khòaⁿ-tioh chit-phiⁿ bûn-
chiong, hō͘ góa chai-iáⁿ ài án-ná thak, hui-siông kám-siā.」

基於服務的立場，又要為呂小姐解釋一下，翻譯如後：「感
謝，我這幾日仔就是咧問阮老母抻這字伊古早捌聽過無？但是佇
咧問的時陣，更無足確定家己音講了有準無，恰才抵啊好看著這
篇文章，互我知影要按怎讀，非常感謝。」

注釋

1. 參考《阿娘講的話》冊089篇〈抔朆朒〉。
2. 參考本冊208篇〈目瞬囝仔〉。

268
扽蹬

二姊的兩個外孫是我們全家人的歡樂焦點，一天到晚大家都在看他們的影片、照片、透過視訊聊天，回家聚在一起的時後，全家人都在「玩」他們（其實是被他倆玩）。前天吃完晚餐，小朋友的舅舅特地準備了個餘興節目，「戳戳樂」，要給他們玩，可是哥哥在生妹妹的悶氣，不肯玩。

「生悶氣」台語有個很特別的說法，叫做「氣暢忍」，這個詞在本冊第243篇〈吞忍〉已說明。

生悶氣，進而不肯去做一件事，我們會說「扽蹬」。有個談話性節目「新聞挖挖哇」，2015年有一集曾討論過這個詞，主持人鄭弘儀是嘉義水上人，竟然不知道這個詞，而連講出「扽蹬」這個詞的台南人陳亭妃都把它解釋為「停頓」，她說她在台南市議會質詢都用台語，但是到立法院就沒辦法，因為官員聽不懂台語就需要翻譯，就會停頓一下。「停頓」是停頓，單純的停了一下，可能是反應不及，但是「扽蹬」是一種心裡的排斥、抗拒，而不願意採取行動。

《廈英大辭典補編》說「扽蹬」：「固執，也有咧講囝仔佮動物。」《臺日大辭典》〈下冊〉說：「子供など嬌えていふこ

とをきかない。だだをこねる。むづかる。――不行（m̄ kiânn）=だだをこねて歩かない。」大意是說小孩子使性子或撒嬌，不願意行動。

　　這兩本字典都提到是小孩子或是牲畜，好像只有他們才會「扽蹬」，但是應該不是這樣啦，耍脾氣，不願意去做一件事，不管是大人或小孩，小貓小狗，都可能會「扽蹬」。

　　「扽」，【君三地】（tun-3），是「突然摁拔」的意思；「蹬」，【更一地】（deⁿ-1），是指腳後蹬（腳後跟）[1]。「扽蹬」字面意思是把腳後跟拉後退來反抗，不願意前行。也有人說有先進建議寫為「頓蹬」，就是「頓足」的意思，不過，北京語「頓足」是以腳用力踩地面，表示憤怒、懊惱，它比較像是「趒腳頓蹄」，表示「氣到直跺腳」，例：「伊氣曷趒腳頓蹄（他氣到直跺腳）」，這和台語的「扽蹬」不一樣，是不一樣的心態和舉動。

　　台語非常細緻，很多詞彙不太容易直接用北京語的詞來翻譯、替代，希望大家也多仔細品味其中的精妙，不要粗略地以訛傳訛。

本文拼音參考。

漢字	十五音	羅馬音	台羅拼音	台語同音字
扽	君三地	tùn	tùn	頓
頓	君三地	tùn	tùn	扽
蹬	更一地	ten	tenn	瞪

後記 ◆ ─────────────────────────────

　　蔡先生貼了教育部閩南語常用字典「頓蹬」給我參考，不過我個人覺得「頓蹬」並沒有比較好，所以用「扽蹬」；還是非常感謝蔡先生！

註釋 ─────────────────────────────
1. 《彙音寶鑑》中「蹬」用「骭）」字，腳後骭也。

269
目睭毛無漿澹

時下年輕人喜歡穿「破褲」，對我來說，這算是比較容易接受的流行，事實上，我年輕的時候也算是穿破褲的先趨，有一次買了一件牛仔褲，第一天穿就在大腿部位勾破了一條15公分長的裂縫，本來想用一條拉鍊縫起來做造型，但後來覺得還滿特別的，因此就一直穿。

有些流行是我無法忍受的，最糟糕的是額頭戴著一卷髮捲出門的，它不但是醜爆，而且是很沒有禮貌的，就像穿著睡衣出門。有朋友說我不懂流行、說那是從韓國流行過來，那又怎樣？醜就是醜！而且我觀察過，這樣做的小女生幾乎都很「愛國[1]」。

當然，也不是所有的流行都這樣，近年來流行不同的手指塗不同顏色的指甲油，顏色還很特別，很多都很精緻、美觀。我剛畢業曾在化妝品公司上班，當時「指甲油」還被稱為「寇丹」，它是英文Cutex音譯過來的。古時候是用顏色鮮豔的花，像鳳仙花或千層紅，花開時摘下花瓣放在容器裡搗成糊狀，抹在指甲上。所以，鳳仙花又叫「指甲花」。

或許是這緣故，「指甲油」的台語也就叫「指甲花」。但是我不知道「甲片」台語要如何稱呼。比「甲片」台語如何稱呼更

令我納悶的是：貼了「甲片」要怎麼做家事？

貼假睫毛就不用擔心做家事的問題，所以，大男人沙文主義者應該是多鼓勵老婆貼假睫毛以取代貼甲片。假睫毛會讓眼睛感覺變大變亮，或許會讓女性精明一些，因為會讓她們的睫毛翹起，呵呵，那又跟精明有何相干呢？聽我道來。

眼睫毛台語說「目睫毛」或「目睭毛」，例：「伊的目睫毛真長（她的睫毛很長）。」

睫毛翹起為什麼會變精明？台語有句話說「目睭毛捽無起」，意思是睫毛下垂，遮住了眼睛，引申為看不清楚現狀、不了解情勢。

另外一句是「目睭毛無漿滘」。燙衣服時要讓衣服平整，常會噴點衣漿。古時候會煮一鍋粥湯，塗在衣服上再燙，這叫「漿」，「洗漿」就是洗衣服和漿衣服。「滘」，幽溼。《說文解字》說：「滘，幽溼也。」另一種意思是煮肉汁。《禮記少儀》：「凡羞有滘者不以齊。」《廣韻》〈入聲緝韻〉：「滘，羹汁」。《彙音寶鑑》標注【甘二英】（am-2）讀音的解釋是「飯滘、糯滘[2]」，也就是煮粥時的米湯[3]。「漿」，【薑一曾】（$chiu^n$-1，洗漿）。古時候的「漿」衣法，衣服穿起來有沙沙的聲音，但就會平整而挺，所以如果眼睫毛漿過，應該也是很翹而動人。「目睭毛無漿滘」就是指睫毛沒漿過，長不整齊，或是下垂，跟「木睭毛捽無起」有類似的味道，所以都是「不長眼」的意思。

好了，各位男性朋友，當我前面胡說八道，您的另一半要去貼「甲片」就任她去吧，不要企圖說服她以貼假睫毛替代貼「甲

片」，因為她貼了假睫毛八成還是會再貼「甲片」，說了也是白說，而且您若執意不讓她貼「甲片」、塗「指甲花」，那您可能真的是「目睭毛無漿涪」，恐會惹禍上身，別怪我沒事先勸您。

本文拼音參考。

漢字	十五音	羅馬音	台羅拼音	台語同音字
漿	薑一曾	chiu^n	tsiunn	章
涪	甘二英	ám	ám	闇
糈	君一頗	phun	phun	奔
泔	泔一求	kam	kam	甘

後記。

Brenda Chen這次寫一半漢字，她說：「阮細漢是講「boah chéng-kah-ioh抹指甲藥」。Brenda看來也是台南人，但是一樣是台南人的我並不是說「抹指甲藥」，這麼短的距離，還是會有語言用詞的差異。

註釋

1. 這算是數十年前的「黑話」，形容一個女生長的不好看，以前會用「長得很抱歉」、「很愛國」或「遵守交通規則」來形容。
2. 「糈」，【君一頗】（phun-1），洗米汁。洗米後剩餘的水，呈乳白色，可用來清潔或飼養家畜。
3. 教育部建議用字為「泔」，但「泔」讀做【甘一求】（kam-1）。

270
生狂

　　前一陣子搭公車和捷運上班，我常常會遇到一位年輕人每天早上匆匆忙忙地從七段斜坡上下來搭公車，他經常穿著一件短袖花襯衫，左手拎著一個長長背帶的書包（一般人會把這樣的包包揹著，不懂為什麼他老是要手提），一路小跑步，不知道他在著急什麼，公車尚未靠站，他就會搶著從候車亭走到馬路上，幾乎貼近公車，讓人常為他捏一把冷汗。

　　做事慌張，我們可以用「生狂」來形容，例：「抵著事誌愛冷靜，不通遐生狂（遇到事情要冷靜，不要這麼慌張）。」

　　「生狂」也可以用來形容雨勢，「生狂雨」是指「暴雨驟雨」，是不是挺傳神的？

　　「兇狂」跟「生狂」意思相同，例：「看你兇兇狂狂，是發生啥物事誌（看你慌慌張張的，是發生什麼事情嗎）？」

　　比較有趣的是「生猴」，以前「番」分「生番」和「熟番」，難不成猴也分生猴和熟猴？有句話說「生猴豬仔食無潘」，「米潘」是洗米後剩餘的水，乳白色的，可用來清潔或飼養家畜；而「潘」常指為豬用的廚餘。「生猴豬仔食無潘」的意思是說慌慌張張的豬反而吃不到主人餵養的食物，引申為慌張反

而成不了事。

　　這位仁兄也是搭公車去轉搭捷運，有一次我先下車走在他前面，可能是他覺得我擋了他的路，在我背後「嘖」了一聲，我停下來轉身看了他一眼，他繞了路快速前行，讓我懷疑他有病。

　　隔天早上又在公車站看見他，一反常態，他站得遠遠的，不敢到站牌這來，我懷疑是我看他的那凶狠的一眼，讓他受了驚嚇。受到驚嚇、嚇到，台語會說「着生驚」，例：「彼隻狗仔著生驚一直吠（那隻狗受驚嚇一直吠叫）。」如果簡單一點，可以說「著驚」。

　　「驚惶」台語跟北京語有相同的意思與用法，指「驚慌」、「驚恐」、「害怕的樣子」，例如：「是發生啥物事誌，你哪會遐驚惶（發生了什麼事，你怎麼會那麼驚慌）？」

　　雖然這些詞會講的都是類似的意思，慌張、驚恐，但是前面的「生狂」、「兇狂」跟「生猴」比較偏重在外表行為，而「生驚」和「驚惶」則是心理層面。關於教育部《台灣閩南語常用辭典》說「生狂」的異用字是「青狂」、「生驚」的異用字是「青驚」，我是有點存懷的。

　　此外，睡覺中的小嬰孩，常常因為周遭突然的聲響，受到「驚嚇」而顫動，但不一定會醒過來，我們說他「惶一下」，「惶」讀做【驚五喜】（hian-5）。而北京語的「驚嚇」是名詞，台語的「嚇驚」是動詞，二者不是倒置的關係。

　　最後跟這位搭公車的仁兄道個歉，我轉頭看你一眼並無「嚇驚」你的意思，而我說你可能有病是為你好，我是擔心你有胃病，因為這樣緊張的人可能胃都不好。

本文拼音參考。

漢字	十五音	羅馬音	台羅拼音	台語同音字
惶	驚五喜	hiân-5	hiânn	攑

祓、摴

　　過年前幫忙整理家裡，換排水管、舊墊子和燈泡，佛堂有一座壁燈換燈泡也不會亮，拆下來後發現燈泡底座和電線接頭分離了，需要焊回去。

　　爸說要過年了，水電行可能不好找，我自告奮勇找了焊槍、焊錫，準備開始運用幾十年前高中工藝課學到的技能開始焊接，爸在一旁擔心地問：「你敢知影要接佗一爿？接不對爿『祓』著會起火。」

　　「祓」，【瓜八頗】（phoah-8）（但是《彙音寶鑑》寫為「拔」），本意是指古代少數民族的服裝。《說文解字》〈衣部〉：「祓，蠻夷衣。一曰蔽膝。」清段玉裁注：「左衽衣。」也用來指稱繫在衣服前面的大巾。漢揚雄《方言》卷四：「蔽膝江淮之間謂之褘，或謂之祓，魏、宋、南楚之間謂之大巾，自關東西謂之蔽膝。」或是幼兒的衣服，《廣雅》〈釋器〉：「祓，褓也。」《玉篇》〈衣部〉：「褓，小兒衣。」這跟本冊第249篇〈䘼〉談到的「襓」很類似。

　　不過，現在在台語的用法就不太一樣了，一個是交叉相疊或交叉打結，例如：「腳相祓」是「蹺腳、疊腿」的意思；「頭殼

袂袂」是「腦筋打結、不清楚」，也就是腦筋短路，跟上面講的電路短路是相同的意思。

它也可以當做「串、條」，是計算項鍊等鍊狀物品的單位，例：「一袂珠仔鍊（一串珠鍊）」。其實，「項鍊」的台語我們就稱為「袂鍊」，例：「伊頷頸掛一條真大條的金袂鍊（他的脖子上掛著一條很大的金項鍊）。」（教育部建議異用字為「珮鏈」、「施鍊」。）

另外的用法是「披、掛」，例如：「伊加面巾袂佇肩胛頭（他把毛巾披掛在肩膀上）。」

本冊第249篇〈芻〉談到「披」，它和這裡的「袂」以及「挭」都有很近似的意思。衣服洗好後要晾，台語現在多稱「披衫」，但是很多地方仍保留舊時的說法說「挭衫」。「挭」音【更五柳】（le^n-5），解釋是「挭布挭衫於竹篙以曬日」。一般而言，「掛」比較慎重而正式，例如招牌就要用「掛」的；「挭」就比較簡單，基本上稍微注意一下就可以，搭簡易棚子的帳篷也可以用「挭」；而「袂」基本上就更隨便了，想像一下上面例句的圖像：「伊加面巾袂佇肩胛頭」，他一定是把毛巾隨便甩一下就掛在肩上。

我把電線焊好，裝回牆上，裝了燈泡，打開開關，它亮了，沒有「袂」著，我爸應該頒給我一條「袂鍊」，以為獎賞，那我一定會好好「掛」起來，不會隨便「挭咧」或「袂咧」。

本文拼音參考。

漢字	十五音	羅馬音	台羅拼音	台語同音字
被	瓜八頗	phoáh	phuáh	--
㧣	更五柳	lênn	nênn	--

272
輪仔

　　去年過年期間，吳夏雄先生提了一套書來送我父親，那是他
父親吳新榮先生的日記全集，總共十一本。

　　文獻上：「吳新榮（1907～1967），字史民，號震瀛、兆
行，晚號琑琅山房主人，台灣鹽水港廳蕭壠支廳（今臺南市將軍
區）人。」簡單說，他是我們將軍庄出身的著名文人、醫師也是
政治人物。在日治時期曾參與組織「佳里青風會」及「台灣文藝
聯盟佳里支部」，是「鹽分地帶」文學集團代表人物之一，也是
「北門七子」之一。

　　吳新榮的父親吳萱草，本姓謝，七歲時，被我們庄裏吳玉
瓚先生收養，光緒廿二年改姓吳，名宜男。八歲入村學受陳九如
啟蒙，後受教于宿儒吳溪、許景山。大正元年（1912）與王炳
南、王大俊共同創辦「嶼江吟社」，大正三年又改組為「盧溪吟
社」（盧溪為將軍溪舊稱），為日治時代台南縣最早之傳統詩
社。吳萱草以風流、詩、酒聞名，所作傳統漢詩二千多首，輯為
《無憂洞天詩集》上、下卷。

　　書評說日記中詳細記載了當時的文人活動、作者的讀書心
得、醫病關係以及對時局的觀察、對時事的關心等。而我之所以

對這套日記有興趣是因為二次大戰後吳新榮曾擔任台南縣參議員。1947年二二八事件發生時，遭逮捕入獄。後來投身於地方文史工作，曾擔任台南縣文獻委員會編纂組組長，並主編《南瀛文獻》。我想或許可以從他的日記中了解從他所曾親身經歷的二二八事件的看法。

翻閱過程我發現不少現在不太使用的詞彙，有些很值得摘出來討論。書中提到所謂「當時的文人活動」，我發現除了文學與時事，他們喜歡上酒家、打麻將，也喜歡養鴿子。

日記中有一次提到「輪那」，我覺得應該是「輪仔」。

雛鴿破殼的時候，身上是黃色的細軟胎羽（雞鴨的胎毛也都是黃色，這是「黃毛丫頭」的由來），大約十天後開始換羽，進入斷乳的階段，成為幼鴿。兩個月後開始第二次換羽，同時開始輪流替換主翼羽。換第一根叫「輪一支」，換第二根叫「輪二支」，總共會換十根，而輪流替換的過程就叫「輪仔」；「輪流」的「輪」，【君五柳】（lun-5）。

等到十支全部換完就成為成熟的鴿子，稱為「識」。「識」，【經四時】（sik-4），可以當「了解」解釋，例：「素不相識」；比較常用適用在表示「精明、聰慧」，例：「這个囝仔真識（這個孩子很精明。）」有句話「識皮包戇餡」，是說「聰明的皮包著愚笨的餡」，指人外表看起來精明，但實際上愚笨。

「識頭」也是指一個人聰明的意思，常常用「識頭識頭」來形容。

這套日記的第一冊是1933～1937，用漢文寫（或許是因為

是，寫完不會檢查，所以裡面有不少錯別字，但是他的後人堅持一字不改，所以錯字也都留下來）；第二冊是1938年起，他改用日文寫，所以，看到的是翻譯的文字，而不是漢語。

本文拼音參考。————————————————

漢字	十五音	羅馬音	台羅拼音	台語同音字
識	經四時	sik	sik	色
	巾四時	sit	sit	失
	干四門	bat	bat	--
	居三曾	chì	tsì	誌
輪	君五柳	lûn	lûn	輪
	堅二柳	lián	lián	輾

273
婦人連

　　吳新榮1936年1月1日的日記提到「婦女連」這個詞，當天他在台南市第二「寶美樓」召開「旭翠會」，成員都是在東京求學時與「旭翠寮」有關的同學，每個人都攜伴參加，日記中他記道：「菜酒進行中，我們大發揮學生時代的癖氣，使婦人連大起奇異」。這裡的「連」字的用法並不常見。

　　教育部編《台灣閩南語常用辭典》提到「連」字的六種用法，包括：

　　「連結」，例如：「母仔囝連心（母子連心）」、「褲帶結相連（褲帶綁在一起）。」比喻形影相隨；

　　「持續不斷」，例如：「連連失敗（一再失敗）」；

　　「及於，達於」，例如：「惜花連盆」；

　　「連同」，合算在一起的意思，例如：「連彼罐涼水總共是一百箍（連同那瓶冷飲總共是一百元）。」

　　與「嘛」、「都」合用，表示「甚至」的意思，例如：「這个問題連老師傅都未曉（這個問題連老師傅都不會）。」；又例：「連這呢大條的新聞都不知（連這麼大的新聞都不知道）。」

最後，它也當姓氏。這些用法基本上跟北京語是相同的，並沒什麼特別的地方。

這裡的「XX連」有「XX們」的意思。小時候常聽爸說「校長連」，例如：「吳校長公子的結婚式，這个校長連有啥人會到（吳校長兒子的婚禮，校長們有誰會到）？」「校長連」指的就是他們這一群校長，也就是說「這些校長們」。奇怪的是我並不常聽到這個字會用在其他地方，所以，當我看到他寫「婦女連」的時候有一種似曾相似的感覺，但是卻又說不出來它是什麼意思。

我就開始胡思亂想，是不是「聯」的誤植？翻開台語字典，「連」和「聯」同音，【堅五柳】（lian-5），「連」是接也、合也、續也、及也、牽也（基本上與教育部的解釋相同），「聯，結也、絡也」；它的用法通常是比較緊密關係的結合，用在指稱「一群」的「們」似乎也不太適合。

我順著日記往下看，該頁下方有個註釋：「婦人連：日語，婦人們。」

搞了半天是我自己搞錯，它是源自日語的台語！

我只能說，這又是一個日語變成台語的例子，跟「病院」、「注射」一樣，有一些我們習以為常的台語，其實是日語留下來的。

本文拼音參考。

漢字	十五音	羅馬音	台羅拼音	台語同音字
連	堅五柳	liân	liân	鍊、聯
聯	堅五柳	liân	liân	鍊、連

274
趁眾趁眾

　　吳新榮的日記中有一篇提到他有點無奈地去參加一個歡迎會，日記中寫道：「所謂吾人已知他的心底意，總是趁眾趁眾（暢），所以我也不得已去參加。」

　　「趁眾趁眾（暢）」這個詞目前也不常用，老一輩的講台語會用到「趁大眾」或「趁人趁人」或是「趁眾趁眾」，意思是「跟著大家、跟著大眾」，有「跟風」的意思。

　　原手稿寫的是「趁眾趁眾」，編輯標註說應改為「趁眾趁暢」，而且在下方的註釋「趁眾趁暢」：台語，跟隨眾人一起暢快。

　　但是依照「趁大眾」或是「趁人趁人」的說法，「趁眾趁眾」應該沒有錯，而且從文意上來看，吳新榮先生是不得已跟著眾人去參加，他並沒有表示有「暢快」的意思，因此原文的「趁眾趁眾」應該是對的，不需要改為「趁眾趁暢」。

　　「趁」，【甘三他】（tan-3），有「賺取」的意思[1]，例：「趁大錢（賺大錢）、真好趁（很好賺）。」有「乘便、利用機會」的意思，例：「趁這嘛緊去（趁現在趕快去。）」還有就是這裡的「跟隨、跟從」的法，例：「閹雞趁鳳飛（閹雞隨鳳

飛）」，這句話是在比喻如同東施效顰一樣不自量力地想模仿別人。

「暢」，【姜三他】（thiong-3，快也）或【恭三他】（thiang-3，通暢、暢快），一般來說是指高興雀躍的樣子，例：「伊不知咧暢啥，暢曷坐未牢（他不知道在高興什麼，高興得坐不住）」，不過有些地方的女性不說「暢」這個詞，因為會引發跟「性」有關的聯想。

「樂暢」是「歡喜、愉快，例：「聽著伊樂暢的笑聲就知影伊來矣（聽到他愉快的笑聲就知道他來了）。」又，「伊的個性較樂暢」是說「他的個性較樂觀」。同時，它也可以當動詞用。

如果你不用「樂暢」當動詞，也可以用「天」。「天」我也很久沒聽過了，小時後曾聽媽媽說某某人整天在外面喝酒、在外面「天」，我只能約略體會是不務正業，但是並不是確切地了解「天」的意思，甚至以為就是喝酒喝到醉醺醺的。這日記中也有一句可以參考：「......，後一同和維鐘君同來的朋友十二名去『樂春樓』天。」下方的解釋就清楚地解釋了：「天，台語，樂暢、玩。」

這個「天」，唸做【堅一他】（thian-1），不讀【梔一他】（thiⁿ-1）。北京語的「天天」是「每天」的意思，台語的「天天」意思也是這樣，但是要讀文讀的相同【堅一他】。我記得我二伯父一生命運坎坷不如意，以致終日嗜酒，天天喝，所以他有個綽號叫做「醉天天」。

本文拼音參考。

漢字	十五音	羅馬音	台羅拼音	台語同音字
趁	干三他	thàn	thàn	嘆
賺	干三他	thàn	thàn	嘆
	兼五柳	liâm	liâm	黏
	干七曾	chān	tsān	--
天	堅一他	thian	thian	靝
	梔一他	thi^n	thian	添

275
指面个

　　媽媽年輕時曾經擔任幼稚園老師，她有位學生吳文進，現在是台南知名道長，精通道教科儀，且擅長糊紙技藝，2019年獲臺南市政府登錄為傳統工藝「糊紙」項目保存者。吳道長是性情中人，雖然我媽媽辭世已近三年，但是每當他在獲表揚、獲頒榮譽市民，或得獎時，都會發簡訊給我媽媽分享。（呵呵，沒錯，因為我後來改用媽媽的門號，所以我都會收到他的簡訊，簡訊上他都會說：「與在天上敬愛的老師分享」，我也都會替媽媽祝賀他。）

　　有一天，在臉書上看到「吳進文」生日，我就在臉書上跟他說：「大法師，生日快樂。」

　　沒多久我看到回覆：「表哥，是我進文啦，不是吳文進大法師。」尷尬了，我真的該換副眼鏡，我把「吳進文」看成「吳文進」。

　　這位表弟我並不太熟，之所以不熟，這要從台灣習俗說起。

　　台灣有所謂「拜公媽、不拜姑婆（未出嫁往生的女性）」的習俗，所以會透過「冥婚」為未出嫁即往生的女性找歸宿，以便有後人祭祀，台語用「娶親」稱呼，一般口語叫「娶柴頭仔」。

我的三姑和五姑都是幼時夭折，也是透過這樣的「娶親」「嫁」給現在的三姑丈和五姑丈，而這兩位三姑丈和五姑丈現實生活中的太太，依照習俗我們也喊她們「三姑」、「五姑」，當真的需要區別的時候，就會說是「指面个」。這位表弟是五姑的兒子，就是「指面个」的關係，我們也是互稱表兄弟，這也難怪會不太熟，但是都還是偶有連絡。

　　現在「指面」的情況應該很少了，所以聽到的也不多，比較有機會聽到的是「指腹為婚」，北京語這樣說這樣寫，台語也是。而除了「指腹」，台語還有另一種說法，有些人在生產前就先「號起來」。

　　「號」最常用在「取名、命名」，例如：「這个囡仔號名未（這個小孩命名了沒）？」在當作「叫做、稱為」時，可能會說：「我不記得伊號做啥物名（我忘記他叫做什麼名字）。」

　　這裡說「號起來」，我覺得跟「記號、印記」的用法比較接近。

　　順道提一下，有句話說：「無彼號尻川，想要食彼號瀉藥。」是指不自量力，也有人把它改為「無彼號尻川，不通食彼號辣」，因為吃太辣，隔天早上某部分器官會讓人「很有辛辣的灼熱感」。

　　我們常說語言是活的，她會與時俱進，隨著新的事物或生活型態的產生，會伴隨著新的名詞或用法出現。「指面个」確是個相反的例子，信仰方式的改變，加上醫學的發達，冥婚娶親的例子越來越少，逐漸走出人們的生活，這個名詞也必然將逐漸被淡忘。

276
面底皮、心底意

　　星期天下午到新生南路巷子找一家名叫「台灣e店」的書局，這家店應該是唯一一家只賣台灣相關書籍的書店，特別是在語言方面，除了台語、客語，更有許多各種原住民語言的書。

　　這書店有點像二手書店，因為裡面有些書蠻舊的，我翻到一本薄薄的、發霉的、已經有破損、泛黃、用釘書機裝訂的書——《彙集雅俗通十五音》，瑞成書局於民國四十四年出版的，決定買下來當紀念。也很開心看到我兩冊《消失中的台語》也在架上陳列。

　　後來老闆進門，他的聲音大到讓我沒辦法不聽見，後面跟著電視台的記者來採訪。聽了他們的對話，我才了解原來是書店的房東要漲房租，老闆被迫要離開這個經營29年的地方；這件事前一陣子被媒體批露，於是後續吸引其他媒體採訪，因為大家覺得這是難得且特別的書局，應該給予支持。

　　我挑了四本書，到櫃台結帳的時候，就跟收銀小姐哈啦說這書局要關真的很可惜，像我們這種寫冷門書的，也大概只有這裡會有實體書在架上展售，這裡不開就找不到了......

　　結完帳，剛剛採訪老闆的記者過來問我願不願意接受採訪，

因為她有聽到我和櫃檯的對話。

　　跟櫃台小姐哈啦是要厚臉皮、鼓起勇氣的，坦白說也是我耍的心機，其實我的目的不是跟櫃台小姐講話，是要講給記者聽，這才是我心底真正想的。

　　關於「厚臉皮」的台語，在《偕厝邊頭尾話仙》冊158篇〈雞蛤神〉有提過「大面神」，也有人會說「𠢕見笑」[1]。「大面神」臉皮厚歸臉皮厚，但只是不在意面子問題，沒有操守的問題；「𠢕見笑」卻是講人「不知羞恥」，兩者程度上有相當大的差異。

　　關於「臉皮」，台語說「面皮」，多指「面子」，「愛面子」我們會說「惜面皮」，例如：「伊真惜面皮，無愛互人講閒仔話。（他很愛面子，不喜歡讓別人說閒話）」也有人會說「惜面底皮」。「面皮」就等於「面底皮」。

　　「丟臉、沒面子」有一種說法是「落臉」，例如：「今仔日真落臉（今天真丟臉）。」它跟「歹勢」不同，前者是「沒面子」，後者比較多「抱歉」的意味，台語用詞需要謹慎選擇。

　　「心裡的話」則說「心底話」，所以「心裡的意思」就是「心底意」。我跟櫃台講話的「心底意」是要引起記者的注意。呵呵，記者也真的跑來訪問我，問我今天為何到這書局，以及對於這書局要搬遷的感想。當然，最後還拍了一個特寫鏡頭：從書架上拿起我的書。

　　姪子說這位記者賺到了，我說彼此啦，我也賺到。不過，很多事就是這樣，人不能過於「惜面底皮」，要勇於表達「心底意」，這並不一定是自私，可能是互惠。

註釋

1. 請參考本冊299篇〈未、無、不〉。

277
不過心

　　電話那一頭傳來父親憂傷的聲音，我以為他最近頭痛眩暈的問題更加重，但不是。

　　他說炯輝先生打電話說他媽媽過世。炯輝兄的父親吳茂校長是我父親極要好的朋友，同一個村子，長我爸一歲，他們從小一起長大，唸初中的時候他們每天一大早一起走路上學，從山腳仔走水圳路、踩台糖甘蔗火車鐵道枕木到佳里的學校，在路上一邊走一邊背英文單字。之後同樣唸台南師範學校，畢業後也都一起在台南縣北門區服務，父親有困難的時候吳茂校長也都會鼎力幫忙。

　　炯輝兄說他母親在農曆年假期間過世，吳校長沒有告知或聯絡其他人，過完年後，他才第一個告訴他的老朋友，我父親。

　　父親說他已經跟哥和二姐說好明天載他一起去跟校長夫人上香，探望一下吳校長，因為不去他覺得「不過心」。

　　北京語的「不過心」和「不上心」相似，指做事輕率，沒有放在心上，並未經過深思熟慮。「不上心」是「不留心、不用心」，《紅樓夢》第十回：「氣的是他兄弟不學好，不上心念書，以致如此學裡吵鬧。」

可是，台語的「不過心」完全不是這個意思，一般的解釋是「過意不去」。但是，我在想，父親並不是只有「過意不去」，因為「不過心」含有進一層的意思—「不忍心」。了解他們如兄弟般的感情，就可以理解這個詞的意義。

　　有些台語的意思從字面上可能不太容易理解，例如「無疑悟」是指「出人意料」。例如：「無疑悟你會出國讀冊（想不到你會出國念書）。」台語「無疑悟」跟「無疑」是一樣的意思，就是「料想不到、不料」，例如：「無疑伊會做這款事誌（沒料到他會做這種事）。」而在北京語「無疑」是「毫無疑問」，是「順理成章」、「理所當然」，跟「令人意想不到」完全不同。

　　去年我們國小百周年校慶，吳茂校長和我父親都是資深且優秀的校長，所以都當選「傑出校友」並無懸念，但是，「他們無疑當選」這句話，如果用北京語和台語說，則是完全不同的意思，真的有點「無疑悟」。

278

現抵現

我常常會想到、提到我們村子大廟的廣播，因為那是最真實、最生活化的部分。

小時候村子裡的「放送頭」有兩個，一個在菜市場那頭的村長家，一個在大廟，現在只剩大廟了。廣播要付費，自助投幣式，好像十塊錢30秒或一分鐘，所以有時候會聽到廣播的人講到一半沒聲音了。

小時候聽的廣播，講話用詞跟現在稍微有點不一樣，例如「現在」，以前的人會說「現此時」。就像前面276篇提到的「心底意」和「面底皮」，兩個字變三個字就多了一點「古味」，真的頗值得回味。

「現此時」就是「現在、目前」，例如：「現此時的人攏較會曉享受（現在的人都比較懂得享受）。」你要說「現代」也沒有錯，就是味道的問題，當然，某個程度上，「現此時」有比較多強調「此時此刻」的意思。

另外像剛撈的漁獲「現流仔」、剛殺的雞鴨「現殺的」，或是剛摘的水果「現挽的龍眼」，「現」都是同一個意思。

跟北京語一樣，「現」可以當「顯露出來」，例如：「你身

軀紮迤濟（贅）錢，不通現出來互人看著（你身上帶這麼多錢，不可露出來被人看到）。」布袋戲常有的「妖精現出原形」就是「妖精露出原形」。以前有人喜歡穿衣服不扣鈕子，露出胸部，叫做「現胸」。所以，當被看得清清楚楚的時候，或是人把事物看得一清二楚，叫「看現現」，例如：「我做的事誌逐家看現現，不驚人講閒仔話（我做事情大家都看得一清二楚，不怕人家說閒話）。」

有句台語歇後語：「缺嘴个食米粉——看現現」。還有一句小時候常常聽的話：「未開嘴，喉嚨鐘仔就互人看現現！」意思是嘴巴都尚未打開說話，喉嚨的懸雍垂就被看得一清二楚，表示已經被事先看破，講得很誇張，但是很貼切、很傳神。

「現抵現」是「明擺著、事實上就是」的意思，例如：「事誌現抵現就是按呢，你要更諍啥物（事實明明就是如此，你還要爭辯什麼）？」

「現抵現」或許不常聽聞，「現金」就不會不熟了。「一千賒不值八百現」，比喻做生意現金買賣比賒欠好，看來以前的呆帳率應該很高。

回家過年期間，天天「食便領現」，這句話指的是「茶來伸手，飯來張口」，形容人只知生活的享受，卻不知享受的條件來自別人勞動的辛苦。

279
出酒

　　日治時代文人經常去酒家，台語稱「酒店」或「菜店」。有些酒店其實算餐館，愛打麻將的文人打完麻將就去酒店吃飯，由輸的人請客。這樣的風氣一直流傳，甚至到民國六十年代，還有一些老師也常會去酒家，我在想它是不是已經是一種流行內化為「風俗」的一部分？我們家鄉附近一直到我初中時期都還有兩家繼續在營業，當時有句話：「漚汪的『天天樂』、佳里的『四季紅』」。

　　聽說在「酒店」或「菜店」的消費很簡單，簡單的幾道菜，一瓶酒，就可以耗一整個晚上，這讓我想起在英國念書時當地的Beer bar也是，一杯啤酒，老英們的屁股就可以黏在椅子上直到打烊，哪像我們那麼豪邁，500c.c.兩三口就了結。

　　總是，事情沒有像我們「聽說」那麼單純，酒店的名聲不好不是沒有原因。不過，我們要講的是喝酒，沒有討論「菜店查某（酒家女的意思）」的意圖。

　　喝酒喝到有一點茫的時候，常常用「馬西馬西」來形容，它通常用在一個人酒醉有一點點昏，有一點神志不清的狀態，例如：「伊酒喝曷馬西馬西，話咧亂講（他酒喝到神智不清，亂講

話）。」不過這「馬西馬西」也太像外來語了，不知道是哪冒出來的？

「茫」跟「馬西馬西」應該是蠻接近的，教育部閩南語字典的解釋是「形容人神智不清的狀態」，例：「未曉喝酒更喝並濟（贅）个，這嘛咧茫矣乎？（不會喝酒還喝那麼多，這下子可喝醉了吧）？」

照理說，「茫」要比「馬西馬西」嚴重一些，因為一個人喝醉酒我們會說他「醉茫茫」。

酒品好的人喝醉了會安靜睡覺，酒品差的就會鬧事或搞笑。有個朋友喜歡他父親喝酒，因為他父親喝完酒會把全家小朋友叫到客廳集合唱國歌，唱完國歌每個人發零用錢。

大學時候同學慶生喜歡吃火鍋、喝酒，有的同學每次喝都要抓兔子。「掠兔子」算是台灣黑話，因為「兔」音【沽三他】（tho-3），與「吐」同音，用「兔」來隱喻「吐」。

「吐」，嘔、反胃，例如：「我想要吐（我想吐）。」蠶吐絲稱「娘仔吐絲」。而「發芽、冒出來」也可以用「吐」，例如「吐穗」。

北京語說「嘔吐」，「嘔」與「吐」有點不一樣。「嘔」，台語讀做【沽二英】（o-2）或【交二英】（au-2），雖然也是「吐、嘔吐」，但是胃部經攣的用力要大一些。有些人愛拚酒，喝到肚子喝不下時，故意挖喉嚨把胃裡的酒吐出來，這就是「嘔」。以前聽到「嘔出來」以為是「挖出來」，因為有些地方也將「挖」讀為【沽二英】的音。

前一陣子在書上看到「以前人稱喝酒吐酒為『出酒』」，

教育部《台灣閩南語常用辭典》也有收錄「出酒」一詞，酒醉而吐，例如：「伊昨暗出酒，到今猶咧艱苦（他昨晚酒醉嘔吐，到現在還在不舒服）。」

　　我好像沒聽過有人用「出酒」這個詞，說真的，它要比「吐」或「掠兔子」都文雅多了。

本文拼音參考。

漢字	十五音	羅馬音	台羅拼音	台語同音字
吐	沽三他	thò	thòo	兔
嘔	沽二英	óo	óo	毆
	交二英	áu	áu	拗、毆

寫一陣會仔

　　我也是北漂的孩子，從高中就住在外地，畢業開始工作就一直住台北，所以我對我們村子的人真的不太熟，我常常需要靠回憶小時候在廟埕打棒球的情景來回憶某某人的樣子或他們的家族關係。有時候，哥哥姊姊和爸會跟我說誰是誰的誰，他們家做什麼，以前哪件事誰幫了什麼忙，這些描述不一定能幫我串起這些人事物的關係，因為離家太久，這些都還是很陌生。

　　倒是有一次大嫂說村子某某人倒了會在跑路，這人我大概知道，讓我驚訝的是連我爸也知道這八卦。我爸是對八卦沒有興趣的人，而且以前村子裡的事都是我媽串門子得到消息，回來再跟我爸說，現在沒有報馬仔了，對村子裡這種雜事就沒有信息來源，讓我納悶他是聽誰說的。

　　通常「跑路、逃亡」台語說「走路」，例：「這嘛伊當咧走路（他現在正在逃亡）。」這個用法大家應該都還蠻熟悉的，大家也都曉得北京語的「跑」在台語用「走」，而北京與的「走」台語要說「行」。

　　但事實上，「走」不一定要用跑的。例如去朋友家拜訪，要離開的時候會說：「我要來走矣。」這「走」表示「離開」，

也並沒有規定要「跑」著離開。還有，有時候辦事情需要「跑一趟」某個地方，這裡北京語的「跑」也只是「去」，台語也用「走」，意義也是「去」，跟「跑步」沒有關係。《說文解字》說：「走，趨也。」指由某地移動到另一個地方，中間的移動方式與速度，就不在它關心的範圍。我們說中央山脈是南北「走向」，而這山更是一點移動都沒有。我們應該有一個更明確的認知：台語的「行」是「走」，倒過來看，台語的「走」則有多重的意義，並不是只有「行」。

話說這位先生「走路」是因為「倒會」。以前這種互助會很多，有些人是因為急需用錢，有些人是為了賺利息，所謂「內會求現、外會求利」（內會指「內標會」，外會指「外標會」。）因此，不管你急不急著用錢，都有誘因讓你成為「會腳」，也就是一個互助會的會員。

參加一個會叫「跟會」，「跟會」的「跟」，教育部建議用字是「綴」，但是「綴」的讀音是【觀四地】（toat-4，聯也；止也）。正確的讀音是【檜三地】（toe-3），在《彙音寶鑑》中的字寫的是「從」（以及「對」字）。說真的，這讓人有點不安，「從」字有另外三個讀音，這個【檜三地】應該是訓讀用法，所以兩個字可能都不是原來的字。他們各有優劣，暫時就先用教育部的建議吧。

關於標會，台語可以直接說「標會仔」，我記得小時候曾跟媽媽去標會，每個人把要投標的金額寫在一張紙頭上，等大家都寫好放在桌上後再一張一張打開，看誰得標，因此「標會」常常都叫做「寫會仔」，「標一個會」叫「寫一陣會仔」。

或許因為金融借貸體系趨於健全，已經很少聽到互助會了，但我們村子這位先生會倒人會，表示還是有人在「起會仔」、有人「綴會仔」。

本文拼音參考。

漢字	十五音	羅馬音	台羅拼音	台語同音字
綴	觀四地	toat	tuah	掇、輟
從	恭五曾	chiông	tsiông	蹤
	恭三出	chhiòng	tshiòng	倡
	恭一出	chhiong	tshiong	充、昌
	檜三地	toè	tuè	對

後記。

吳小姐是我們村子人，大我一屆的學姊，她說：「聽聞倒了村中很多人的辛苦錢！老人家辛苦一輩子，被倒了還怕家人知道。」前幾天回家，聽說有些人不住在村子裡了也是因為倒了會，唉......

281
親情五十

    台語有句話「親情五十、朋友六十」，後來又有人說「兄弟七十」；隨著社群媒體的發展，又有人加了兩句「面冊（臉書）八十、賴（LINE）九十」。我的老天鵝呀！

    「親情」通常指親戚，例：「咱是親情，煞為着金錢拍歹感情（我們是親戚，卻為了金錢翻臉）。」也可以當「親事、婚事」，例如：「媒人去個兜講親情（媒人去他家提親）。」一般而言，攝和姻緣的動詞用「做」，所以也會說「做親情」，而「講親情」比較像是到了一定程度，要正式的「提親」，台語也用「提親」的字眼。北京語「親戚」的「戚」，台語的讀音有【經四出】（chhek-4）與【嘉四出】（chheh-4），因此台語不寫「親戚[1]」。

    「親情五十」的「五十」有幾種不同的說法。第一種說法是把「五十」當作一個形容數量多的形容詞，如一般常用的三、六、九或五、十。所以，「朋友六十」的「六十」就是類似邏輯而用戲謔的方式往上加而產生，因為要大於五十，所以講六十；之後有人為了表示江湖上兄弟眾多，又多加了一句「兄弟七十」。一般習慣，大於五十的數會用一百，所以我還是有點懷

疑這說發法的正確性。

　　第二種說法是「親情五十」是「親情五雜」的誤寫，「五雜」是「五花雜色」的意思。唐朝岑參〈走馬川奉送封大夫出師西征〉：「馬毛帶雪汗氣蒸，五花連錢旋作冰。」也就是李白〈將進酒〉裡「五花馬，千金裘，呼兒將出換美酒，與爾同消萬古愁」的「五花馬」—青白雜色的馬。

　　第三種說法是「親情五十」是「親情五族」的誤讀與誤寫。但是一般而言，五族指漢、滿、蒙、回、藏，五族，親戚搞到五族是有點誇張；而秦朝時候秦始皇的「夷三族」是父族、母族、妻族，後來的「連誅九族」是父族四、母族三、妻族二。這樣就有個問題：不知道怎麼算五族？

　　不過「親情五雜」和「親情五族」都有相當的合理性，我個人認為「親情五族」是比較合理，親戚和親族都是親人，五雜用來指稱、概括「親人」感覺起來是比較不夠禮貌。「親情五十」可能是「親情五族」走音的結果，而「朋友六十」是在走音之後產生的玩笑說法，台語有太多俗語是被錯誤「數字化」的例子。（例如「姑不而將」變成「姑不二章」進而在變為「姑不二三章」、「無影無跡」變成「無影無隻」再變為「無影無一隻」[2]）。

　　教育部建議的則是「親情五十」。如果「五十」是個表達數量眾多的一個形容詞，朋友六十、兄弟七十、面冊（臉書）八十、賴（LINE）九十，就都是合理的，也並無違和。

　　我不想繼續糾結在「親情五十」的正確與否，其中有一個原因是吳新榮先生日記有一句：「因為這回鬧熱，近庄的親情五十

做一皆到啦！」除了「親情五十」，他還用到「做一」，「做一」是「做一回」的簡略說法，接在「五十」之後做了數字與數字的對比，挺有意思的。

本文拼音參考。

漢字	十五音	羅馬音	台羅拼音	台語同音字
情	經五曾	chêng	tsîng	前、晴
	驚五曾	chiâ^n	tsiânn	成
戚	經四出	chhek	tshik	測、策
	嘉四出	chheh	tsheh	冊、撮

註釋

1. 有人寫為「親晟」，但「晟」是熾盛、明亮的意思。《廣韻》〈去聲勁韻〉：「晟，熾也。」《集韻》〈去聲勁韻〉：「晟，明也。」
2. 「姑不而將」請參考《阿娘講的話》冊010篇〈姑不而將〉，「無影無跡」請參考《佮唇邊頭尾話仙》冊192篇〈鐵齒銅牙槽〉。

282
生成

　　因為疫情，Food Panda和Uber Eats成為日常。兒子說要吃宵夜，上網點了「派克雞塊」和「Kebuke可不可熟成紅茶」。

　　「熟成」這個字眼以前比較少聽見，幾年前開始流行吃熟成牛肉後，我開始注意到這個詞。有個朋友退休後在家鄉種蜜棗，有一次去他的果園摘棗子，他說現摘會有點澀，等兩天讓果實「熟成」後會更甜且不澀；現在連泡沫紅茶都要搞「熟成」。

　　維基百科提供我們「熟成」的解釋：「動物剛死亡時肉是軟的，過了一陣子後肌肉蛋白質收縮會開始變僵硬，再繼續放置一段時間後（牛肉約一天），酵素開始破壞結締組織，進入『熟成』階段，以前的人沒有冰箱，吃不完的食物也會利用風乾熟成方式保存食物，像是魚、牛肉、豬肉、乳酪...等，經過一定時間的熟成會使肉質軟嫩，也會提高風味。」

　　所謂「熟成紅茶」又是什麼呢？聽說是選用茶葉芽尖往下數的第三片嫩葉，經由適當的溫度濕度儲存一年，使其紅茶氧化，進入後熟階段。講半天，就是更加成熟，它會產生獨特的花香和果香。

　　水果如果使在果樹上成熟，我們說是「在欉黃个」，另外

有一些是未熟透就先摘下來，像木瓜會放在米中讓它成熟，這叫「穩」。

相對於「熟」的「生」，台語有個詞叫「生成」，但是它的意思卻和「熟成」八竿子打不著。

「生成」是「天生」、「自然長成地」的意思，例如：「鳥仔生成會飛；人生成會行路（鳥天生會飛；人天生會走路。）」它跟「原來」、「本來」、或「原本」的意思很接近，但是比較多帶有「天生的」這樣的意味。而關於「原來」、「本來」、或「原本」，台語可以說「本底」或「本成」或「原底」。

「本底」，例：「今仔日我本底要去學校，騎車跋倒著傷才無去（今天我本來要去學校，騎車摔倒受傷才沒去成）。」

「本成」，例：「我本成就有想要按呢做（我本來就有想要這樣做）。」

「原底」，例：「伊原底是要先讀冊，因為大學考無牢才去覓頭路（他原本是要先讀書，是大學沒考上才去找工作）。」

「自底」，例：「阮自底就蹛佇遐（我們以前就住那）。」

寫到這邊，不禁又令我想起某位喜歡亂玩近似音的網路作家，想想，同一個意思在台語中可以找到很多不同的用詞與形容方式，這才是應該要加強與學習的地方，而不是只會一個詞，然後用不適當的火星文字去改寫，破壞原來語言的純與美。再次拜託「X女X紅」，自己多學些，放過台語吧！

283
阿里不達

　　這次應該是第四次上山到羅娜國小了，為的是今年的星空音樂會，也是特別要紀念阿貫老師的音樂會。由於附近飯店早已客滿，因此必須住到更山裡的東埔，雖然有點不方便，但好處是可以泡溫泉。

　　一早從東埔下來，山上的空氣本就清新，春天的早晨格外宜人，雖然梅花已謝，但喜見路旁梅樹結果累累，今年應該又是豐收的一年，馬校長可以做很多醃漬梅子。突然，路邊出現一個標示牌——「阿里不動溪」。我原本閒適的心情立刻轉為爆笑！

　　阿里不動溪是陳友蘭溪的一條支流，將久美部落和望鄉部落分隔開，其實我也不是第一次聽到這名字，只是看到這名字就覺得有趣，因為它跟台語「阿里不達」很像。

　　「阿里不達」，通常指「不三不四」、「沒什麼價值」、「沒什麼水準」，例：「你不通交一括阿里不達的朋友，對你無好處（你不要交一些不三不四的朋友，對你沒好處）。」

　　有人認為應該寫為「阿理不達」，「阿」是發語詞，要傳達的是「理不達」，就是說不通情理的意思。

　　跟「阿里不達」相同意思的四字熟語還有一個是「不答不

七」，也是「不三不四」、「不像樣」的意思，例：「你莫見講攏是一括不答不七的話（你別老說一些不三不四的話）。」而對於「不答不七」，《河洛語－台語正解》有個建議寫法為「不達不式」，他認為「達」是指「通達事理」，「式」是「式樣、典範、禮儀」，「不達不式」是指「不通達事理，行事又不成樣子，不堪任用」。

但是這條溪的名字是「阿里不動」，不是「阿里不達」，「不動」又讓我想起「不董」。「董」在「董事」一詞讀做【江二地】（tang-2），它的文讀音是【公二地】（tong-2），除了當作姓氏，解釋為「督也、正也」，「不董」則是常用來形容人「不正經」。

也就是因為「阿里不達」以及「不董」讓我對「阿里不動溪」這名字覺得非常有趣，當然我相信「阿里不動」跟「阿里不達」、「不董」應該沒有關係，而且它很可能是原住民語，應該有它的本意。問題是連「阿里山」的「阿里」怎麼來的都搞不清楚了，這「阿里不動」可能會更有問題。下次上山要來問一下在地人，或許他們有人知道「阿里不動」在他們族語會是什麼意思，不要讓我們在這胡猜瞎猜，編一些「阿里不達」的說法。

本文拼音參考。

漢字	十五音	羅馬音	台羅拼音	台語同音字
董	江二地	táng	táng	陡
	公二地	tóng	tóng	黨

284
花巴哩貓

有天大家在聊天，不知道為何二姊講了一句「花巴里貓」，還說「花巴里貓」跟「花哩碌貓」不一樣，把我搞的「花煞煞」，整個「花花去」。

這時，我們就得乖乖的用功讀書，查字典、查網路，開口問。

教育部《台灣閩南語常用辭典》說的是「花巴哩貓」，它數個解釋中有一個是「形容圖案樣式或顏色雜亂無章的樣子」，例：「伊今仔日穿曷花巴哩貓（她今天的穿著很花）。」另一個解釋是說形容人吃東西的時候，臉上沾滿食物殘渣，例：「你哪會食曷規个面花巴哩貓（你怎麼吃得滿臉都是菜渣）？」我覺得第二個解釋是有點偏，因為「花」本身就有雜亂的意思，不一定是跟「菜渣」或食物有關。

數鈔票數到亂掉的時候，可以說「錢算了花去（數錢數亂掉了）。」「花花去」就是整個亂掉的意思。眼睛模糊不清、看不清楚，可以說：「目睭花花」。宋楚瑜先生最喜灣說的一句台語：「目睭花花，匏仔看做菜瓜」。

「花花仔」還有一個比較特別的用法：「稀疏的」。去年疫情有一陣子稍微緩和，村子的早覺會辦了餐會，我問燈光音響的

承辦廠商這一陣子的生意如何，他回答我說：「花花仔」，意思是「有一搭沒一搭的」。

「花」也指「繁複的動作、行為」，例如：「弄喙花（耍嘴皮）」、「搖尻川花（搖屁股）」。或是「沒有實在意義的言行」，例如：「弄嘴花（賣弄口才）」、「行腳花（散步）」。

台語的「花」也常用在「耍賴、胡鬧」，例：「伊更咧花矣（他又在耍賴了）。」其他的用法與北京語類似，就不再重複說明。

關於「貓」，「貓面」是指「麻臉」。只要是整個畫面或圖案（例如一張臉）雜亂無章，就可以用「花巴哩貓」來形容，不一定是吃東西所造成。

「花巴哩貓」也有人說「花巴哩囉」，甚至還有「花巴哩囉貓」的說法，這又是胡亂進化的結果[1]。不過，對於這幾個詞，「花」是重點，後面都是助詞，因此我認為都無傷大雅。

我二姊所提到的另一個詞，「花哩碌貓」，應該也是「進化」來的。它原先應該是「花哩碌」，或「花哩囉」，也有人會說「花貓貓」、「花碌碌」或「花哩碌」。「碌」，小石眾多的樣子。《廣韻·入聲·屋韻》：「碌，多石貌。」寫為「花碌碌」應該還蠻適合的。然後，「花哩碌」一樣被「進化」成為「花哩碌貓」。

大部分的資料上說「花巴哩貓」和「花哩碌」是同樣的意思，而我二姊說它們不一樣，是因為一般而言，「花巴哩貓」稍帶一點「無章法」的亂和醜，而「花哩碌」強調的是「色彩繽紛」，嚴格來說是不一樣的。

這裡都在聊「花」，但是「貓」應該有些學問在裡面，下次再聊。

　　我媽媽常常都叫我二姊「阿花仔」，這就真的是一個不容易解釋的詞！（是不是跟我一樣，又「花煞煞」了？）

註釋

1. 應該是「姑不將」、「姑不而將」，請參考《阿娘講的話》冊010篇〈姑不而將〉。

285
塌人

　　「一切都是阿共仔的陰謀啦！」成了一句流行用語，這是個很有趣的現象。據說這句話源自台灣地下電台，後來很多綠色的媒體或名嘴，在民進黨遇到無法處理的問題、下不了台的時候就會搬出來的一句話，把所有的問題都丟給中國，說這都是共產黨陷害台灣人故意搞出來的問題。這句話好像還滿管用的，所以廣為流傳，也成為笑話。

　　「陷害」台語讀做【甘七喜】（ham-7）【皆七喜】（hai-7），以言語或計謀使他人的利益受損。例：「伊這个人真歹心，竟然設計加人陷害（他這個人真是壞心腸，竟然設計陷害人）。」

　　「陷害」還算常用，跟北京語相同，所以容易理解，而台語比較通俗的說法是「創阬」。「創阬」是指「暗算、陰謀、做手腳」，例：「你愛較細膩咧，才未互伊創阬（你要小心點，才不會被他暗中動手腳陷害）。」「創阬」也可以說「變阬」或「變鬼」，詞意與用法基本上相同。但是「創阬」現在大家都寫為「創空」。或許是因為「阬」讀做【公一去】（khong-1）。

　　有朋友跟我說有個用法—「塌人」。我覺得從字意上來看

是蠻合理有趣的，北京語常說「塌陷」，「塌」和「陷」意思近似，也算同意複詞；把「陷害人」說成「塌人」好像說得通。「塌」，【甘四柳】（lap-4）[1]，或【甘四他】（tap-4），凹陷。「塌底」就是「脫底」，例：「伊彼雙鞋穿曷塌底才擲掉（他那雙鞋子穿到脫底了才丟掉）。」

「創阮」和「動手腳」雖然意思不同，但是有時候可以通用。「動手腳」的台語可以說「作手」、「作腳手」或「動腳手」。（北京語「手腳」和台語「腳手」是反置詞，關於「反置」請另參《偕厝邊頭尾》冊127篇〈紹介〉。）

回過頭來看「一切都是阿共仔的陰謀啦！」這句話。現在它已經成為一句大家開玩笑時的用語，在講不清楚說不明白的時候，就有人會套上這句話來作結。只不過「陰謀」兩個字常常讓我覺得很彆扭。小時候常常聽到「謀財害命」，是因為布袋戲常會出現這樣的對話，是現實生活中我們不會講這麼文言的話。但是，腦海中很清楚的，「謀」是【沽五門】（moo-5）的音，但是，現在很多人讀的是【茄五門】（mio-5）的音。

吳守禮教授認為「謀」字有數個讀音（以門聲沽韻為主，但不同聲調），也有注韻書上的參考，另外有一個音就是現在大家常講的【茄五門】，但是，並沒有任何韻書曾經說過這個音。教育部《台灣閩南語常用辭典》跟著收錄了這兩個音，但是《彙音寶鑑》只有一個音，就是我們小時候看布袋戲聽到的音，哈哈，難道，「一切都是阿共仔的陰謀？」

本文拼音參考。

漢字	十五音	羅馬音	台羅拼音	台語同音字
陷	甘七喜	hām	hām	憾
害	皆七喜	hāi	hāi	亥
塌	甘四柳	lap	lap	--
	甘四他	tap	thap	凹
阬	公一去	khong	khang	空
謀	沽五門	môo	bôo	模
	茄五門	biô	biô	描

後記。

　　黃小姐留言說：「謀biô是泉州腔」。

　　《彙音寶鑑》也未收錄此音，但是教育部閩南語字典有，故我在上表中補收錄【茄五門】的音。

286
潒

　　終於放晴，終於可以有一個出太陽的假日，早上出門找一家可以曬得到太陽的咖啡廳吃個早餐、曬曬快要發黴的身體和心情。

　　前幾天的新聞：「這兩日全台各地又濕又冷，雨更是下不停，讓許多民眾都不想出門，連日降雨是因為受到華南雲雨區東移的影響，特別是基隆、宜蘭等地雨下得又大又久，根據中央氣象局統計，今年到目前為止，台北只有6天沒有蒐集到雨滴。」

　　真的是下雨下到讓人都快發黴。記得過農曆年那幾天，二姊說下太久的雨，覺得房子都濕濕的，她跟她小女兒說地板「潒潒、溚糊糊」，感覺很不舒服，我這外甥女回她說的「潒潒」是什麼？

　　哈哈，好問題。

　　「潒」可以是名詞，通常是指「黏液」，例：「腸仔潒（腸子的黏液）。」或許是因為「潒」的關係，腸子不太容易洗乾淨。裝有水的容器如果太久不清洗，表面也會有一層黏黏滑滑的東西，也稱為「潒」或「生潒」。

　　「齒潒」是指「牙垢」，積存在牙齒上的汙穢物。古時候的

人沒有刷牙的習慣，因此牙齒很髒，髒到會有黃黃的汙垢，稱「嘴齒滃」，有的人以為「嘴齒滃」指的是黏稠的口水，這說法應該有問題。

「米糕滃」就有個特別的含意，字面上的意思是米糕上濕濕黏黏的表面液體，但是它通常拿來比喻「糾纏不清」，特別是用來比喻男女關係紊亂，例如：「這對男女，敢若米糕滃（這對男女關係複雜而紊亂）。」

因為它當名詞的特性，它也可以當形容用，表示「黏滑的」，通常以疊字形式出現，例：「土腳滃滃（地上黏黏滑滑的）」。我二姊說的正是這個。有時候會說「滃塌塌」，指「非常黏滑、溼滑的樣子」，例：「彼間餐廳，椅桌、土腳一四界滃塌塌，真無衛生（那間餐廳，桌椅、地面到處溼滑油膩，很不衛生）。」另例：「這幾日雨濕水滴，路不時攏滃塌塌（這幾天淫雨霏霏，路面常常都很溼滑）。」呵呵，這不就是這陣子的寫照？

關於「溽糊糊」，「溽」音【恭八入】（jiok-8），濕熱的意思。小時候還有泥巴路，一到下雨天，都是爛泥巴。爛泥巴我們稱它「漉糊糜仔」或「漉糊仔糜」，因為「濕漉漉的土，親像糊仔和糜全款」，也有人說它是「對臭溝仔內底舀起來的烏色爛土，爛爛糊糊若糜全款閣有臭味。」反正它就是爛泥巴。

或許你會覺得走在都是「漉糊糜仔」的農路，「溽糊糊」，誠歹行！也是啦，可是小朋友或許會覺得好玩，在那個年代，快樂真的就是這樣的簡單！

本文拼音參考 ⟡

漢字	十五音	羅馬音	台羅拼音	台語同音字
滯	姜五時	siông	siông	祥
	薑五時	siû^n	siông	常
溽	恭八入	jiȯk	jiȯk	辱

287

凍霜

偶然在PTT上看到有人問「小氣」和「吝嗇」的台語該怎麼說，有許多網友的回答都是用北京語發音類似的字來書寫，寫法不同，包括「當森」、「蕩生」、「蕩森」、「盪森」、「凍瘝」、「銅酸」、「當僧」......。妙的是從頭到尾各種不同的寫法，我竟然沒有看到有人寫教育部《台灣閩南語常用辭典》建議的「凍霜」。某個程度上，寫「當森」、「蕩生」、「蕩森」等的都算台語文盲。

「凍霜」原意是「遭受到霜害」，例：「天氣傷寒，一括菜凍霜攏未收成得（天氣太冷了，一些菜都凍壞無法收成了）。」

「凍霜」另一個常用的解釋是形容一個人吝嗇、小氣，過分節省，例如：「你真正有夠凍霜，連五箍銀都要偕人計較（你真的很吝嗇，連五塊錢都要跟人家計較）。」（教育部《台灣閩南語常用辭典》說同義詞是「寒酸」、「鹹閣澀」、「鹹澀」。但是「寒酸」與「吝嗇」並不同，而「鹹閣澀」、「鹹澀」應該是長久以來「儉更嗇」、「儉嗇」的誤寫。）

也有人認為「凍霜」應該寫為「凍畯」，他說「田畯」是古代對種穡者的稱呼，「凍畯」是指貧寒而儉穡，所以原來指「寒

酸」，今多作「吝嗇」解。而「畯」被誤寫為「酸」，所以變成
「凍酸」。這說法就參考參考吧，因為並沒聽過其他人說「畯」
被誤寫為「酸」的事情，而且它們的讀音也不同。「畯」，【君
三曾】（tsun-3）；「酸」，【禈一時】（sng-1）或【觀一
時】（soan-1）。

　　口語上說「柝仔頭」是指「吝嗇鬼、小氣鬼，一毛不拔，捨
不得出錢的人」，例：「彼个柝仔頭！叫伊請一頓，未輸要加割
肉咧（那個小氣鬼！叫他請一頓，就像要割他的肉一樣）。」近
似的詞還有「竭仔頭」、「竭仔哥」。

　　網路上的回應另一類說的是「K機」、「K吉」、「K起」，
不過有人知道這是外來語，是日文的「けちな」。這些的日文
應該是「けち」，如果你上Google翻譯查，「けち」是「吝嗇
鬼」，而「けちな」才是「小氣」。

　　無論如何，寫「K機」、「K吉」或「K起」，都算是「日文
文盲」。

　　這讓我想起一篇文章對於「避免當文盲所以要用白話字」的
說法，他的大致上是這樣說：語言是先有音再有字，所以可以表
音就好，加上台語有些詞是外來語（特別是日語），本來就沒有
台語字，所以，用白話字（羅馬拼音字）書寫，就可以免除當一
個「台語文盲」。

　　對於這樣的說法我真的覺得啼笑皆非，第一，我同意語言
可能是先有音再有字，當有字之後就該寫字。絕大部分的台語有
字，這也是文明發展的表徵，既然有字，寫他的字不是比較好，
何必退化至蠻荒?第二，美國人學中文會用英文單字拼出中文嗎？

可能你說有的人會，但是，我就要問你，「Jin tian tian chi how ma？」是中文嗎？「普利斯未特」是英文嗎？真的是鬼扯淡。

本文拼音參考。

漢字	十五音	羅馬音	台羅拼音	台語同音字
畯	君三曾	tsùn	tsùn	俊
酸	裩一時	sng	sng	雙
	觀一時	soan	sung	宣

288
遷延

　　有一次我老哥到板橋當裁判，我去看球順便等賽程結束帶他去吃飯，由於稍早下的一點雨，賽程有些延誤，所以也耽誤了去吃飯的時間。

　　我父親不但很守時，而且作事都要提早又提早，出門總是把時間抓得過分充裕，每次我們要出門，他也都會在旁邊催促，要我們不要再推遲出發時間，不要拖。

　　對於這兩種狀況，我們都可以用【堅五出】（tsian-5）來說，例如「後面的賽程互前面的【堅五出】着，下晡三點【堅五出】到四點（後面的賽程被前面的推遲，下午三點的延到四點）。」或是說「要去緊去，莫更佇遐【堅五出】啊（要去快去，不要再拖延了）！」

　　這裡的【堅五出】，在《彙音寶鑑》中找不到適當的字。這個音有「讓」、「諓」、「遄」、「圌」和「輲」，但應該都不是。其實也不應該是，因為【堅五出】應該是「遷延」兩個字連音所成。「遷」，【堅一出】（chhian-1）、「延」，【堅五英】（ian-5），兩個字唸快一點，省掉一部分的音，就成為【堅五出】。

所謂的「連音」把兩個字唸快一點，省掉部分的音而形成類似一個字的音，稱之為「連音」，而被省掉的稱為「扴」音。前兩冊中至少有七篇文章[1]提到過連音，因為有很多詞還蠻常用的，也容易造成「台語沒有字」的誤解，因此這裡再次提出幾個陳世明先生解釋的詞讓大家參考。

「是喔」本來是si7-ooh4，連成siooh4的音；跟它近似的「係喔」本來是he7 ooh4，連成了hiooh4。所以，siooh和hiooh都找不到字，也算是理所當然。

「加人[2]」本來是ka1 lang5，連成了kang5，其中la的音被扴掉，消失不見了。「互人[3]」本來是hoo7 lang5，連音連成hong5，同樣的la也是被扴掉的扴音，這就是古時候歌本會寫成「奉」的原因[3]。

此外，「無會」本來是bô-ē，連音連成bē。這也是有人造「𣍐」、「袂」這些字的原因。

除了這些，還有很多這樣的例子，有興趣注意一下別人講的話，「那會」這樣，「那會」也是其中一個例子。

本文拼音參考 ◇

漢字	十五音	羅馬音	台羅拼音	台語同音字
遷	堅一出	chhian	tshian	千
延	堅五英	iân	iân	鉛

後記 ◦ ─────────────────────────────

　　剛好這幾天需要用鐵絲綁家裡的絲瓜棚，讓我想起北京語的鐵絲其實是「鉛線」，正確的名字是「亞鉛線」，a-iân-suànn，因為連音的結果「亞鉛」中的iâ聲被拗掉了剩下an，這是我們現在都把它說成「安線」的原因；以前的鉛製水桶也是，「亞鉛桶」變成「安桶」。

註釋 ──────────────────────────────

1. 請參考《阿娘講的話》冊053篇〈老神在在〉、056篇〈馬沙溝〉、066篇〈欲答〉以及《偕厝邊頭尾話仙》冊121篇〈今害矣〉、134篇〈恁公番薯〉、149篇〈向時〉，和196篇〈仆〉。
2. 「加人」一般寫為「共人」。
3. 「互人」一般寫為「予人」。

289

薦盒

　　有位天主教的朋友問我這半吊子基督徒要不要參加媽祖遶境旅遊團，還指定說要參加白沙屯媽祖的，因為白沙屯媽祖的繞境沒有事先規劃路線，媽祖往哪走，人就往那跟，所以這旅遊團遊覽車司機就得隨時掌握「粉紅超跑」的動態追著它跑，當追到媽祖神轎時，大家才下車去「趇轎腳」（「趇」字請參本冊242篇〈趇趖〉），很刺激有趣，而其餘的時間都是在吃吃喝喝，到處都是免費的飲料、點心、食品，好不快樂。

　　早上大嫂在家庭LINE群組貼了一張照片說她今天第一次參加村子裡大廟的信徒大會，因為哥找她去當舉手投票部隊。我看會議議程主要是討論三月十五大道公「請水遶境」活動的準備，還有大道公埕外租做太陽能板種電的事。

　　有些人以為「遶境」等於「出巡」或「遊行」，還有說是凝聚信徒的向心力，堅定對神明的信仰等等，這認知可能是後來大家的引申，跟原意應該有點落差。

　　一般而言，神明出巡，在祂的管轄範圍內稱為「巡境」，出了祂的管轄範圍或經過其他神明的管轄範圍叫「遶境」（以對其他神明表示尊重）。那麼為何要繞境呢？

台灣民間信仰到處都有媽祖廟、保生大帝廟、關聖帝君廟……，但是媽祖只有一位，其他神明也都只有一位，那來那麼多廟、那麼多神？其實，這些都是所謂的「分靈」，像我們村子的金興宮主神是從福建分靈過來，後來村子子民又往外出發展，有一分靈到台北，稱「北興宮」，一分靈到高雄，生「南興宮」。

　　人們認為分靈神像的靈力會隨著時間慢慢消退，需要「謁祖進香割火」，重回祖廟拜見祖先、分取香火，把靈力（或說兵力）重新帶回廟裡。謁祖回來後再「遶境」，藉由「繞境」過程，神明將居所的周圍淨化，或安置新增兵力於四方五營中，使其掌管的境內可以平安。所以，意義上不是單純所謂「凝聚信徒的向心力，堅定對神明的信仰」。

　　村子的保生大帝是跟著先民從對岸移居台灣，過去的謁祖都是回到福建廈門白礁慈濟宮祖廟，稱「上白礁」，後來因為政治問題，兩岸阻絕，我們村子保生大帝的謁祖改為在將軍溪畔建「白礁亭」，在這「請水」（因不是香爐香火，所以取水代替）。媽祖廟的媽祖也面臨同樣的問題，因此有些再分靈的廟宇是回到其在台灣的「娘家」。

　　以台灣廟宇分布的密度，轄區似乎絕大部分都是「共管」或有重疊，因此神明出門很難會是只在自己轄區，說「遶境」沒有太大問題。

　　「遶境」也寫做「繞境」，兩個字通用，讀做【嬌二入】（jiau-2），通常在神明繞境經過的地方，人們都會擺「香案」，香案就是簡單的桌子（稱為「案桌」），上面擺香爐。媽媽在時對香案準備都很用心，她會插一對花、把案桌圍上「桌圍」，還

準備三盤水果。香爐前還會擺一個東西，叫「薦盒」。「薦盒」也稱「敬盒」或「奉桉[1]」，是敬奉茶、酒及放置筊杯之台座，通常置於神案上香爐之前。這名稱大家較少用，甚至連有的佛具店都誤寫為「戰盒」。

當神明的隊伍經過的時候，擺香案外還會燃放一串小鞭炮，遶境遊行的隊伍經過時也會插一柱香在香案的香爐「回香」，表示回禮。

小時候常聽到的是廟裡神明要「云境」，也有人說「云庄」，「云」讀【君五英】（un-5）。我覺得這「云境」就應該和「巡境」近似。

「云境」有的是白天，也有在晚上，晚上稱「云暗境」，隔壁村山仔腳的玉天宮前幾年還有「云暗境」，「云暗境」會「煮油」，很特別。

另外，「進香」原本是指善男信女到寺廟朝拜的活動，後來信徒迎請神明前往外地廟宇拜會、聯誼，也都稱為「進香」，所以，「進香」在意義上與「遶境」在本質上有所不同。

農曆三月快到了，家鄉村子大道公到白醮亭請水繞境是三月中，三月底也來考慮一下要不要跟團去白沙屯看熱鬧，去吃吃喝喝一番。

本文拼音參考。

漢字	十五音	羅馬音	台羅拼音	台語同音字
遶	嬌二入	jiàu	jiàu	爪
謁	堅四英	iat	iat	--

漢字	十五音	羅馬音	台羅拼音	台語同音字
云	君五英	ûn	ûn	勻

註釋 ─────────────────────────────────

1. 「桉」同「案」。

290

畀

很久沒見到隔壁的進丁哥了。

小時候我家隔壁有幾家店，如果現在還做，都是「傳統技藝」，有一家傳統的餅舖，有一家做竹桌竹椅的，還有一家箍木桶的，可惜這三家店都已經不做了。

箍木桶的我們喊他「紅蟳伯」，但是他的真名我並不記得。他有兩個兒子，大的叫進丁，小的是進發。進發比我年長約莫四歲，因為就住正隔壁，我小時候常「看」進發哥「玩」；而他的哥哥進丁，很早就外出，過年也不一定會回來，我一直很少見到。即使很少見到，還是偶而在進發哥和紅蟳伯的對話中聽到進發哥的抱怨，說紅蟳伯和紅蟳姆對進丁哥比較好，都「偏」他。

「偏」常用的音有兩個，一個是【堅一顅】（phian-1），意思是「歪斜、不正」，例如：「這个花矸愛排佇中央，不通偏一爿[1]（這個花瓶要排中間，不要偏向一邊）。」用在「偏遠」、「偏僻」、「偏名」、「偏差」、「偏偏」或「偏心」都讀【堅一顅】。

「偏心」和北京語一樣是指偏袒、袒護一方，對某一方存私心，例：「分派工課[2]愛公平，未使偏心（分派工作要公平，

不可以偏袒個人）。」台語也說「大細心」或「私心」，指人故意偏袒一方，對某一方存私心，例：「做序大的人對待囝仔不通大細心（做長輩的人對待晚輩不可以偏心）。」北京語的「大小眼」，台語說「大細目」。

　　但是如果是像前面的用法，進發哥說紅蟳伯、紅蟳姆都「偏」進丁哥，這個「偏」就要讀【梔ー頗】（phiⁿ-1），這個字有「占便宜」的意思，例如：「伊真愛加人偏（他很愛占別人便宜）。」

　　所謂「偏頭」是指「利益、好處」，跟「歪頭」或「偏頭痛」的「偏頭」沒有關係，例：「伊逐項攏要討偏頭（他每件事都要求好處）。」這裡的「偏」也讀【梔ー頗】。

　　講到「偏」字，讓我想起一個發音近似的字「畀」。

　　《詩經》白話新譯：〈鄘風·干旄〉：

　　「子子干旄，在浚之郊。

　　素絲紕之，良馬四之。

　　彼姝者子，何以畀之？」

　　它的翻譯是：

　　「高高飄揚犛牛旗，行行來到浚郊區。

　　雪白絲繩鑲旗邊，良馬四匹為前驅。

　　那個美麗女子啊！用些什麼贈送伊？」

　　「畀」北京語音「ㄅㄧˋ」，贈送的意思，台語讀【更ー頗】[3]（peⁿ-1），常用在「分畀」，是「分一部分給予」，所以「畀」字單用的時候，也都有「分一部分給予」的意涵，而不是只有「給予」。但是《彙音寶鑑》這個音沒有這樣的字。

在本冊第234篇〈分个〉我們有提到教育部的建議用字是「分伻」，它的例句是「逐家攏有通分伻，無免相爭（大家都分配得到，不用相爭）。」又例：「咱共伊鬥分伻淡薄仔，伊較袂遐忝（大家幫他分擔一點，他比較不會那麼累）。」問題又來了，「伻」在北京語是「出使，令使。使者」的意思，再《彙音寶鑑》中讀做【經一邊】（peng-1），解釋為「使也、急也」，因此，應該是被教育部借用的字。

所以，當大家聚餐食物吃不完的時候，可能有人會說：「賰的菜咱伻伻咧（剩下的菜我們分一分）。」一般來說，這句話比較完整的說法是「畀畀窮窮咧」。

如果我把古文學好，我的台語應該會比現在好，例如我如果把詩經讀好，我就會比較容易發現「畀」這個字，如果我像我的朋友讀那麼多章回小說，我找「唱喏」就不會那麼辛苦。

話說回來，紅蟳伯有「偏」進丁哥嗎？他們兩兄弟年紀差很多，我相信任大部分的父母對小孩都是一樣地疼愛，只是對不同年紀的孩子會有不同的教導方式，而不是「大細心」。紅蟳伯和紅蟳姆離開後，整個房子和田產都留給了進發哥，沒聽說財產要「畀」一些給進丁哥，而我也沒有看到進丁哥回來抱怨紅蟳姆「偏」進發哥。

本文拼音參考。

漢字	十五音	羅馬音	台羅拼音	台語同音字
偏	堅一頗	phian	phian	篇
	梔一頗	phi^n	phinn	篇

漢字	十五音	羅馬音	台羅拼音	台語同音字
晃	更一頗	pe^n-1	phenn	摒
	居三邊	pì	pì	庇、蔽
伻	經一邊	peng	ping	兵

註釋

1. 「屮」在《阿娘講的話》冊055篇〈二屮四片八周〉討論過,請另參考。
2. 「工作」的台語有人建議寫為「工課」,也有建議「空缺」。
3. 《彙音寶鑑》注的是【居三邊】(pi-3),但是一般都讀【更一頗】(pe^n-1)。

291
讓跟扯

　　連續三天假期，待在台北耍廢，趁著難得的好天氣，出門繼續我的台北早餐店探訪之旅。

　　捷運上有兩位小兄妹輪流找他們媽媽玩「黑白配」，媽媽有點不耐煩，呵呵，我也不懂為何這兄妹倆不乾脆自己玩，這不是兩個人的遊戲？

　　「黑白配」也有人稱它「黑白切」或「黑白猜」，我記得在玩的時候並不是唸「黑白切」也不是唸「黑白猜」，而是唸「黑白ㄔㄟˋ」。感覺起來這個「ㄔㄟˋ」跟我們平常在說「來猜拳」省字的說法「來ㄔㄟˋ」是一樣的。

　　我曾經懷疑這個「ㄔㄟˋ」是不是跟日語有關。我們說「剪刀、石頭、布」，日本話說じゃんけんぽん（jan-ken-pon），也簡稱じゃんけん（jan-ken）。日治時期台灣人要猜拳會說「來Jan一下」，用じゃんけんぽん的第一個音じゃ（Jan）當動詞。「ㄔㄟˋ」與じゃ（Jan）差很多，所以應該不是。

　　我們小時候猜拳則說「Giang-7一下」。Giang-7，【姜七語】，在《彙音寶鑑》中這個音收錄的是「仰」的其中一種讀音。我覺得比較可能的是【姜一語】（Giang-1）的「儴」字，

意思是「因也，因循、沿襲」。《爾雅》〈釋詁〉註：「皆謂因緣。」剪刀、石頭和布各有輸贏，形成一個循環，還滿合理的。

後來我在Youtube上看到大衛羊先生的解釋，他說猜拳叫「讓跟扯」。他提到中文同一字的不同音常常是表示同一件事的不同面向，例如「讓」有三個音，第一個音【姜七入】（jiang-7，謙也、退也、責也、不爭），是指在協商談判、斡旋的階段；第二個讀【姜七柳】（liun-7，相讓也），是其中有人妥協，退讓了；但是若無法達成協議引發爭執，就會相互喧嚷，讀做【姜二入】（jiang-2，喧嚷也）。但是這個「讓」，但是後來被「嚷」所取代，而前面讀【姜七柳】的「讓」大概只剩用在猜拳的「讓跟扯」（或稱「讓金杯」）。

「扯」，【迦二出】（chhia-2，裂開、同捔），但是一般都讀為【嘉七出】（chhe-7）的音。它用在幾個地方，一是「打結」，例：「扯一个結（打一個結）。」或是「像魚鱗一樣重疊排列」，例如：「厝瓦相扯（屋瓦相疊）」。

另一個是「截短」，例：「這條線扯較短一點仔（這條絲線截短一點）。」而由此引申為「切斷關係、做個了結」的意思，例如：「做一擺扯（一次做個了斷）。」或有男女朋友分手也叫「扯」[1]。

這個字也算常用，不論是用在物品「截長補短、平均攤算」或是兩個人之間的問題來個大和解，都可以用，例：「相扯一下無偌濟（贅）（平均一下沒多少）。」

不過，「讓跟扯」（或稱「讓金杯」）真的就是「猜拳」的台語名稱嗎？說真的，我並沒有其他的證據可以證明。

本文拼音參考。

漢字	十五音	羅馬音	台羅拼音	台語同音字
讓	姜七入	jiang-7	jiāng	攘
	姜七柳	liāng	liāng	量、亮
	姜二入	jiáng	jiáng	嚷
扯	迦二出	chhiá	tshiá	且
	嘉七出	chhē	chhē	--

註釋

1. 《彙音寶鑑》用的是「唑」字，解釋「長短相唑」。而「唑」字在說文解字不錄，部分字典說它是「嗞」的異體字。

292
捽

　　我的五堂哥年輕的時候曾經經銷飼料，那時店開在我家，我沒事的時候會陪他顧店，他偶而會教我一些有趣的東西，唸一些雜七雜八的歌謠，有一次他唸了一句：「Shirt matson, cooler dersa.」這聽起來有點像英文，但並不是英文，他是說「燒的（熱的）」「肉粽」，「屈落（指彎腰蹲下去）」就「嘎（狼吞虎嚥）」。

　　「嘎」，字典裡是【嘉三出】（chhe-3）的音，聲破嘎也。在北京語裡是「形容短促而響亮的聲音」，常常用在形容鴨子的叫聲。但是教育部把它拿來當作【膠三時】（sa-3）的那個字，指吃得很急、很快、狼吞虎嚥，例：「伊一頓嘎四、五碗（他一頓吃四、五碗）。」

　　關於「狼吞虎嚥」，教育部另外的建議用字還有「囫」、「搩」、「推」、「搵」、「捽」。

　　「囫」，狼吞虎嚥，例：「伊肌曷囫三碗公飯（他餓得吞下三大碗飯）。」這字台語讀做【君四喜】（hut-1，吞），沒有問題。

　　「搩」，有一個意思是「砸」、「用力丟擲」，例：「提

石頭加伊摼落去（拿石頭向他砸下去）。」也比喻為打架，例：「講無兩句就摼起來矣（講不到兩句話就打起來了）。」其實這跟第一種解釋（砸）還滿近似的。第三種解釋是「吃掉、快速吞嚥」，例：「腳手這緊，隨互你摼幾若塊去（動作這麼快，馬上就被你吃掉好幾塊）。」「摼」台語應該是讀做【堅八求】（kiat-8），但是這字的本意是張開手指來量測長度。這用字就令人存疑了。

「推」是常用的用法，它讀做【規一他】（thui-1）[1]。它的用法很多，可自行參考教育部《台灣閩南語常用辭典》，這裡補充說明一下，「推」可以表示「大吃、大喝」，較粗俗的用法，例：「今仔日推了有夠飽（今天吃得真飽）。」

「摁」是「用力擊打」，常指使用沈重的鈍器打人，擊中時會發出悶響，例：「互槌仔摁著，會著內傷（被槌子打中，會得內傷）。」也做「大吃」，戲稱快速大量地吃東西，例：「伊當咧大，一頓摁著三、四碗飯（他正在發育，一餐吃上三、四碗飯）。」

最後是「捽」。這個字的意思是「揪著頭髮」。《說文解字手部》：「捽，持頭髮也。」《戰國策楚策一》：「吾將軍深入吳軍，若扑一人，若捽一人。」在《彙音寶鑑》也是這樣解釋，但是讀為【君四曾】（tsut-4）。而教育部把它解釋為：一、迅速地吃，例：「我都猶未食半嘴咧，你就捽了了矣（我都還沒吃半口，你就已經吃光光了！）」二、鞭打、甩打、抽打，例：「伊去互人捽曷流血流滴（他被人鞭打到皮破血流）。」但是，我們說的「鞭打、甩打、抽打」是【君四時】（sut-4）的音，

而【君四時】這個音有個字是「摔」，棄於地也，或許應該考慮用這個字。而北京語的「摔」是台語的「摒」。「摒」，【姜四時】，（siak-4）。

「挟」、「推」和「捽」，都是手字旁，都和吃沒有關係，但是卻都用來表示用力、快速地吃。從以上的用字，基本上我得到兩個結論：

一、吃飯要用力，才能吃得多，最好加上鞭打！（天啊，誤！）

二、這些建議用字大都是借用的，但是借用無所謂，只是要選對字。教育部把「摒」寫成「摔」、把「摔」寫成「捽」，把占卜的「挟」當作是鞭打，這樣不太好，感覺教育部是用北京語的讀音來抓字給台語用，而忽略了它原來的字義，基本上都是北京語的思維，這反而是台語的災難。如果沒有或暫時找不到適當的就暫時空著，把大家都教錯了，以後會更難糾正。

本文拼音參考。

漢字	十五音	羅馬音	台羅拼音	台語同音字
嗄	嘉三出	chhè	tshè	脆
囫	君四喜	hut-1	hut	忽
挟	堅八求	kiåt	kiåt	傑
推	規一他	thui	thui	梯
	嘉一他	the	the	梯、胎
摁	姆七喜	hm	hmh	--
捽	君四曾	tsut	tsut	卒
摔	君四時	sut	sut	率

漢字	十五音	羅馬音	台羅拼音	台語同音字
搉	姜四時	siak	siak	屑

註釋 ————————————————————————————
1. 「推」另一讀音【嘉一他】（the-1），推託也。

後記 。————————————————————————————

　　喜歡寫白話字的陳小姐這次寫漢字，她說：「真心適！遮ê字攏有聽過，毋過有ê較無捷咧用，這馬我若想著就愛較捷講ê。『搉』這字，我是攏定聽著阮老爸咧講『損予重，搉予行』，意思就若英文內底咧講ê "make every endeavor to do sth"，拄好想著，談笑談笑。」

293
配景

有一天回家，樓下路邊一輛貨車旁有兩位師傅在聊天，講一些裝潢的用語。我發現平常大家講的詞很多都是日文，例如：タイル是「磁磚」、ベニヤ是「木合板」、はばき是「踢腳板」、遊びあそび是「預留二者之間的間隙」、てんじょう是「天花板」、パラペット是「女兒牆」、……。我進了門，發現電梯內貼了保護板，有一張告示寫著「六樓要整修裝潢，造成不便的地方請大家包涵」，原來這兩位師傅是來我們這六樓做裝潢的。

「裝潢」的台語滿普遍的。「裝」，【公一曾】（chong-1）；「潢」，【公五喜】（hong-5），不過以前比較常聽到的說法是「造作」。

教育部《台灣閩南語常用辭典》提到幾個近義詞，包括「成格」、「間格」、「敆作」。教育部的解釋與例句如下：「成格」是「室內隔間裝潢」，例：「厝起好，內面著成格（房子蓋好後，室內必須隔間裝潢）。」嚴格來說「成格」跟「裝潢」還是有差異。

另外，「敆作」基本上是木作。「敆」指「接合」、「釘補」，例：「伊加兩本簿仔敆做伙（他把兩本簿子釘在一

起。」;「敆」也作「配合」,例如:「敆味(搭配味道)」,或在中藥中的調配藥方叫「敆藥仔」;而「敆作」一般是指「手作木工家具」,室內裝潢通常需要木作,但是木作也不等於裝潢。

房子裝潢要花很多錢,因此,平常就只能作粉刷或是擺設的調整,或是作一點布置、裝飾,讓房子有新的感覺。「粉刷」台語就單純地說「油漆」,「油漆」在台語也是不但可以當名詞「油漆漆料」,也可以當動詞「粉刷」,有可以當名詞「粉刷工程」,滿好用的。

有個問題是裝飾,教育部《台灣閩南語常用辭典》有兩個建議用詞,一個是「妝娗」,它可以當「化妝、打扮」,例如:「要去食桌,愛小妝娗一下,才未失人的禮(要去赴宴,得要稍微打扮一下,才不會對人家失禮)。」意思跟「打扮」或說「梳妝打扮」一樣的意思。另外,也當「裝飾、裝飾品」用,例如:「用樹椏來做妝娗(用樹枝來做裝飾)。」但是這詞有點冷門。「娗」,【監七地】(thann-7),當「修長美好」解,但它也是指一種婦科疾病。

同樣也不熱門的詞,「配景」,它通常是指「搭配的景色」,基本上與「背景」的意思相同,如:「要是能有一棵老松樹當配景,效果會更好。」

寫到這裡,有一點點的小失落。有一種可能是本來台語也有這些詞,只是我找不到,或是現在大家都不用了,所以教育部《台灣閩南語常用辭典》也沒有適合的;另外有一種可能是過去就沒有這樣的詞彙,而如果是這樣,未來有更多的詞彙,或者現

在已經有很多新的名詞，台語應該如何對應，這就是一個新的話題。

本文拼音參考。

漢字	十五音	羅馬音	台羅拼音	台語同音字
裝	公一曾	chong	tsong	妝
	褌一曾	chng	tsng	磚
潢	公五喜	hông	hông	凰、宏
敆	甘四求	kap	kap	鴿
姏	監七他	$thã^n$	thānn	--

294

陷眠

　　前天父親才跟我說不知道為什麼他最近常常「陷眠」，今天早上阿蒂又跟他說他昨天半夜又「陷眠」很大聲，把她嚇醒，於是到爸房間探視。

　　我回老家陪父親，我也遇過他說夢話說得很大聲。不過我聽得有點反應不過來，因為我以為「陷眠」是睡覺時似醒未醒，而父親說的「陷眠」是指「說夢話」，後來我才知道這個詞有兩個意思，都對。

　　「陷眠」可以解釋為：「神智不清猶如做夢一般」，例：「你是咧陷眠是無？無，哪會講彼號無影無跡的話（你是腦筋糊塗啦？要不然，怎麼會說那種毫無根據的話）。」這也是我原先了解的用法；而另一個是「夢囈」，就是指「說夢話」，例：「伊暗時仔攏睏未好勢，定定睏到一半就咧陷眠（他晚上睡覺都睡不好，常常睡到一半就開始說夢話）。」

　　所以，「陷眠」它可以是一種狀態（神智不清猶如做夢一般），也可以是一種動作（說夢話）行為。處理完定義，就得來看它該怎麼寫。

　　教育部《台灣閩南語常用辭典》用的就是上面所提到的寫

法，委員們解釋說：「臺灣閩南語『夢囈』說hām-bîn，傳統習用字作『陷眠』。沒有其他寫法。『眠』，睡眠之意，用字沒有問題，『陷』字音契合，但意義比較難以理解，『陷入睡眠』不一定是『夢囈』，所以保守的說，用『陷』字只是借音字。有民眾建議寫成『唅眠』。《集韻》：『唅，寐聲。五含切（gâm）。』意義上有點關係，但也不甚契合。音韻上比較迂遠，不一定是本字，字也很僻，不適用。至於『含眠』的『含』音hâm，聲調不合，意義也不如『陷』契合，同時也很少人使用，因此不太適用。」

可見這個詞怎麼寫，是有些不同的意見。除了教育部建議或不建議的「陷眠」、「唅眠」、「含眠」，也有人說：「『陷眠』不如『酣眠』，最好是『鼾眠』，理由是『臥榻之側，豈容他人鼾睡』，『陷眠』就只有睡覺，『酣眠』是睡過頭了，也有點要作夢的味道，『鼾眠』帶有作夢的味道，也就是想都別想！」不過這樣的陳述，比較像是「個人的感覺」，並沒有太多證據或理由來支持。

我在網路上扒到一篇文章，張貼的人是「台灣赫宇」，他認為「陷」或「含」都是借用字，而他曾經看到有個泉州的學生提過在《廣韻》有一個字，是「寐」字的「未」改做「含」——「寏」，這字的音切是「五含切」，它解釋是「寐中言語」。這與先前大家的看法都不一樣，但是很值得深究。

本文拼音參考。

漢字	十五音	羅馬音	台羅拼音	台語同音字
陷	甘七喜	hām	hām	憾
唅	甘五語	gâm	gâm	癌
含	甘五喜	hâm	hâm	函
鼾	干二喜	hán	hán	罕

295

美醜

　　前面提到「陷眠」怎麼寫莫衷一是，有待討論，其實還有太多的字和詞都等著我們繼續查考討論，就連「查甫、查某」這樣平常的用詞都有許多不同的看法，「美」、「醜」也是。

　　「美」，常被寫為「水」，出發點可能只是因為「水」的文讀音與我們指稱的「美、漂亮」的台語讀音相同，但是就字義上來看並不適當。現在很多人都依教育部的建議寫為「媠」，教育部說：

　　「不論是『水』或『美』，都不是suí的本字，有人找到了『媠』字，作為本字，根據《廣韻》〈上聲果韻〉：『媠：好也（音妥）』，同韻又有『嫷：美也，說文曰：南楚人謂好曰嫷。』……既然三個字都不是本字，但為了字義分工的需求，無論寫作「水」或「美」字都容易誤讀，所以討論結果建議採用『媠』字。」

　　也就是說教育部認為這三個字也都只是借用，因為不知道本字為何。

　　陳世明先生認為可以用「姝」字。他的理由是：「姝」是「美麗」，古亦作姝麗。《新唐書列女傳》〈符鳳妻玉英〉：

「符鳳妻某氏，字玉英，尤姝美」。姝、美、麗，三個字同義。另外，《甘字典》寫說：「姝，chiu-si sui（就是suí）」。

在北京語字典中，「姝」當形容詞是形容「容貌美麗」，而且多半是在形容女子，例如「容色姝麗」；當名詞則是指「美女」，例如「絕代名姝」。不過，台語中「姝」讀【居一地】（ti-1）。

大衛羊認為是「粹」。「粹」【規三時】（sui-3，純粹不雜），他在Youtube視頻中提到「粹」當「美、好看」解，可用於女人、男人，或是風景皆可。而「姝，從女朱聲」音不對；而台語也有「嬌粹」的用法，說「嬌粹啊嬌粹」，因此「嬌」和「姝」好像也都不適合，「粹」還接近一些。

「美」搞不定，「醜」也一樣。

由於一般認為「醜」字的台語讀做【ㄐ二出】（chhiu-2），與我們平常說的【皆二門】（bai-2）不同，因此教育部建議用字是「穤」，並解釋說這個字可當「醜陋」，例：「伊生做真穤（他長得真醜）。」或當「惡劣、糟糕」，例：「伊的心情誠穤（他的心情很不好）。」或是當「差勁」，例：「伊的工夫真穤（他的工夫很差勁。」

但是「穤」，台語讀音【嚙二門】（buiⁿ-2），是指「禾傷水生黑斑」，音與義都不符，用「穤」字來寫台語的「醜」，有點牽強。

換個角度來看，有一種豆子叫「醜豆」。四季豆（菜豆）依豆莢的型狀大致可分為圓莢型與扁莢型，圓莢型俗稱「敏豆」，豆莢較纖細，扁莢型俗稱「醜豆」。「醜豆」的台語叫「bai

豆」，所以，bai就直接寫「䆀」應該也沒關係，不需要再去借一個「䆀」。

我想起大學時吳壽山老師常講一句話「Simple is beautiful. 簡單就是漂亮」，所以，既然都是借用，就用大家習慣的，美就「美」、醜就「醜」，不是很簡單？何況在《彙音寶鑑》中，「醜」也有【皆二門】（bai-2）的音，「美」也有【規二時】（sui-2）的音，其實一字多音本來就很正常。

本文拼音參考。

漢字	十五音	羅馬音	台羅拼音	台語同音字
媸	居一地	ti	ti	豬
粹	規三時	suì	tuì	祟
醜	ㄐ二出	chhiú	tshiú	手
	皆二門	bái	bái	--
䆀	嘓二門	buín	muínn	每
美	規二時	suí	suí	水
	居二門	bí	bí	米

後記。

有位陳先生說：「沒考慮過造字，從女旁，借聲符？」

我說：「有些時候造字是可以考慮的選項，但是造字也不應該是人人想造就可以造。看來你或許有想法，不妨分享。」

他說：「以形聲為主，從俗從簡，無需強求溯本求源。文字本是溝通工具，設立網站由民意票選即可。」

我回答：「大部分的人可能都不是專家，票選極可能選出大

家習慣卻不適合的字，例如現在普遍用『呷』來當『食』，個人認為不適當。」

　　他又說：「倒不是所有字均需如此，少數考之無源，現採字繁瑣不適，意見分歧等等即可。中國文字簡體化也非皆有源頭，台灣現用繁體字也有過從俗之變。年輕人的火星數字文也正因鍵盤文化而流行而衝擊正統，台語文有斷代之患，要重新啟動鍊接就不能不考慮現在使用者，若難學難懂難用就容易被淹沒。古字中那些失而不傳的，恐不勝枚舉吧。」

296

龜叨鱉趖

村子的大廟每年例行到將軍溪畔白醮亭請水的活動，今年要擴大辦理，聽說是去年的請水儀式後，主任委員擲筊杯一直無法擲出尚杯，於是主委問保生大帝說是不是不夠熱鬧？參與的人太少？如果是，那明年就辦盛大一些？結果馬上允杯。

為了讓今年的活動順利，我老哥也協助廟方作業，擔任總務組長。當天我看他穿著一件藍色工作背心，繡著大大的名字，我跟他開玩笑說：「總務組長，辛苦了！」我哥笑了笑回我說：「龜叨鱉趖的事誌一大堆！」

「龜叨鱉趖」是個很難直接從字面推測意思的四字熟語，在本冊246「雞母尻川鴨母嘴」有提到「叨」這個字，有些動物，例如鵝或鴨，牠們伸長脖子啄食的動作台語稱為「叨」[1]。《彙音寶鑑》標注的是【高一他】（tho-1）的音，但是目前一般用法，包括教育部《台灣閩南語常用辭典》，都說它讀做【高一柳】（lo-1）的音。「趖」在《阿娘講的話》冊072篇〈烏龍踅桌〉和《偕厝邊頭尾話仙》冊144篇〈蚵炱與銼冰〉都有討論，就不再說明。

「龜叨」與「鱉趖」都是再平常不過的事，所以它引申為

「雜七雜八」、「狗屁倒灶」、「拉哩拉雜」，應該是正常而且合理。

有些人解釋為「光怪陸離」、「不三不四」，甚至用來指稱「牛鬼蛇神」的人物，似乎是太過強烈了一些。

龜和鱉這兩位難兄難弟，倒是共同創造蠻多俗語和四字熟語的，像「龜龜鱉鱉」、「掠龜走鱉」、或是「龜笑鱉無尾，鱉笑龜粗皮」（也做「龜笑鱉無尾，鱉笑龜嘴短短」或「頭短」。）或是像本冊231篇提到的「龜腳趖出來」。

龜腳還有一句蠻有意思的俗語，網路上有人說他曾聽到人家說「龜皮龜內肉，有何不同？」後來又聽到有人說：「龜腳龜內肉」，使他頓覺：「這才合乎邏輯，因為不論龜腳伸出來或縮進去，整隻烏龜的斤兩並未改變。也許『龜皮龜內肉』是一種以訛傳訛的說法。」

不果我覺得可能把兩句一起說才是完整的，「龜腳龜內肉，龜皮龜內肉」，這跟北京語說的「手心手背都是肉」完全符合。

不過，也有另外一種引申，對生意人來說，「龜皮龜內肉」也好，「龜腳龜內肉」也好，總是「羊毛出在羊身上」，什麼裡裡外外的肉、皮或腳的，都是算在這隻烏龜的一部分。

再一次感謝烏龜給了我們這麼多的俗諺和四字熟語。如果有一天烏龜會說話，牠可能會抱怨說人們為什麼要用牠們創造這麼多「龜叼鱉趖」的話。

本文拼音參考

漢字	十五音	羅馬音	台羅拼音	台語同音字
叨	高一他	tho	tho	滔
	高一柳	lo	lo	--

註釋

1. 參考本冊246篇〈雞母尻川鴨母嘴〉。

297

崁腳

　　明天又是周末了，下班前同事來跟我說這兩天他會加班把車主使用手冊修訂製作完成，這樣才不會影響其它單位的作業進度，我問還他差多少，要不要幫忙，他說不用了，「到崁腳了！」意思是到最後階段，就差一步。

　　教育部《台灣閩南語常用辭典》說：「崁」，有覆蓋的意思，「桌崁」是「桌罩」，「瞞崁」是「隱瞞」，「崁蓋」是「蓋蓋子」。

　　《彙音寶鑑》中，【甘三去】（˙kham-3）同時收錄了「崁」和「蓋」，而「蓋」解釋是「崁蓋也」，因此有人說表示動詞的應該是「崁」字，「蓋」字應該是名詞，唸【瓜三求】（khoa-3）。這說法是還有討論空間的。

　　「崁」字另一個意思是當做「山崖」，指較陡直的崖面，或河階地型，例如「山崁」是「山崖」；而「崁腳」指「斷崖之下」。「山崖」或「斷崖」聽起來似乎有點「巨大」，事實上並不一定是很大的山或斷崖，一般突起的土坡下方就可以稱為「崁腳」。在魚塭或池塘邊水和陸地交界，要上陸的地方也稱為「崁腳」，所以「到崁腳」表示即將要上陸，引申為將到達終點或最

後的目的地了。

　　表示「最後」或「後來」的詞，教育部《台灣閩南語常用辭典》收錄兩個，一個是「落尾」，一個是「路尾」。

　　「落尾」，例：「落尾我就去高雄讀冊（後來我就去高雄唸書）。」

　　而「路尾」除了當「後來、最後」，也當「路的盡頭」，例：「直直行到路尾就會看著彼ㄐ¹店（直走到路的盡頭就會看到那家店）。」又例：「路頭路尾相抵會著」，這句俗語字面意思是在路上任何地方都可能會相遇，引申為為人處世不要太絕，以防冤家路窄。

　　從讀音來看，「路」，【沽七柳】（lo-7），要比「落」，【公八柳】（lok-8）符合一般的用法，但是從字來看，似乎是「落」比較合適。

　　賽跑的時候，跑最後的我們稱「尚落尾」，不管是指接力賽的最後一棒或是跑最後一名都是；參加聚會時，較晚到或是最後才到，我們也稱「落尾才到」。「落後」一詞中，雖然不能說兩字是同義複詞，但是意思是蠻接近的，我覺得「落尾」應該比「路尾」用字來的適當。

　　「落尾」也可以說「煞尾」或是「落尾手」，例如：「這本冊一千箍無人買，落尾手開七百箍才賣出去（這本書一千元沒人買，最後開價七百元才賣掉）。」而它的反義詞常用有「進前」、「頭先」、「事先」這幾個。

　　這些詞在用的時候並不一定是有固定的比較對象，可能是在「時間序」或「事情流程」上比較早的，因此要看語意。此外，

像是「事先」這個詞，可能唸文讀【龜七時】【堅一時】，或是白話【皆七地】【巾一時】。[2]

　　對我而言也是，這篇是第297篇，完成後離目標300篇就更近了，我也可以說「到崁腳了」。

本文拼音參考。

漢字	十五音	羅馬音	台羅拼音	台語同音字
崁	甘三去	khàm	khàm	蓋
蓋	甘三去	khàm	khàm	嵌
	瓜三求	khoà	khuà	掛
	皆三求	kài	kài	界、介
路	沽七柳	lō	lōo	露
落	公八柳	lȯk	lȯk	鹿
	高八柳	lȯh	lȯh	洛
事	龜七時	sū	sū	士
	皆七時	sāi	sāi	祀
	皆七地	tāi	tāi	貸、黛
先	堅一時	sian	sian	仙
	堅三時	siàn	siàn	搧
	巾一時	sin	sin	身
坎	甘二去	khám	khám	憨
爿	公五出	chhông	tshông	床

註釋

1. 「看著彼爿店」，「爿」是計算店鋪的單位，相當於「家」或「間」，但是教育部寫為「坎」，因為台語讀為【甘二去】（kham-2），但是「爿」在台語字典注為【公五出】，「床」的意思。
2. 請參考本冊第239篇〈事先走〉。

298

閂

以前看兩個兒子的國文功課就覺得他們唸的國文好像跟我們以前唸的不太一樣，對於古文，我們以前的重點都是字義、詞義的解釋以及文章的賞析。但是現在國文很強調文法，搞了一堆修辭學的用語，好像很有學問，但是對於基礎國學能力的培養似乎沒有太大的幫助。真的叫我去做現在學生的國文試題，我一定考不好，我也一定無法通過國文老師的甄試。舉例來說，在有個國中國文老師甄試的國學常識考題：

下面各字的六書分類，何者是錯誤的？

（A）「闖」：形聲

（B）「盥」：會意

（C）「閂」：指事

（D）「瓦」：象形

有人說很簡單呀，（A）的「闖」是會意，不是形聲。

但是我可能會想太多，因為這題可能會是複選，理由是：（C）的「閂」是有爭議的，有人認為是指事，但也有人認為是象形。國語字典也有的說它是象形，也有的說它是指事，妙吧？所以，我可能會寫錯……

北京語字典中「閂」注音為ㄕㄨㄢ，意思是「關閉門戶用的橫木」或「插上門閂，把門戶關緊」。台語的用法也一樣，可以當名詞的「門閂」，或當動詞「插上門閂」，例如「你去加門閂起來（你去把門閂起來）。」「閂」，【官三出】（chhoan-3）。

　　以前的門和現在的門不同，現在的門關上會自動上鎖，以前的門在關上之後，要拉上門栓才算是關好，如果是半掩的，月光會跑進來，叫做「閒」，讀做【干五喜】（han-5），後來也衍生出「縫隙」的用法，甚至還有它的兄弟字「間」與「閑」冒出來，而且還彼此混用。

　　半夜門得「鎖」起來，不能讓壞人闖進來。古代的方式是用繩子綁起來，解開的時候要用一種特殊的工具，叫做「觿」，讀做【嘉七喜】（he-7），所以「觿」算是最古老的鑰匙。後來魯班發明了「閂」，西元八世紀東羅馬人做成了葉片鎖，而近代的鎖是十八世紀英國人發明的。

　　簡單地說，「閂」就是魯班發明的那一根橫木。

　　關於上面問題的解答，認為「閂」是「指事」的論點是：按照國中課程中六書分類定義，根本沒有提到「合體象形」，只強調「象形」屬於「獨體為文」。按照這個分類定義，「閂」字解作「指事」就很正常。

　　另一方面，「閂」字所表達的，到底是「具體的物」還是「抽象的事」？認為「閂」字就是「象門閂之形」，則為象形；認為它表示「閂上」，把中間一橫視為「符號」的，就是「指事」。

除了有月光露進來是「閒」，還有很多和「門」相關的字很有意思，「馬」跑進門來就是「闖」，人跑進來就是「閃」，但是這些都是會意字。可是「閒」又是形聲。「六書」其實是後來人的分類，卻非原始造字的標準原則，考試如果過度拘泥在這種地方，意義不大。

　　跟「門」有關的字有兩個很有趣的，「門」的左邊和右邊，「尸」讀【栀一英】（iⁿ-1）、「彐」讀【糜一英】（oaiⁿ-1），這兩個字是門開啟的聲音。

　　台語有句話說：「關門着閂，講話着看。」前面雖然是說關門要記得上鎖，但是重點是下半句，說話的時候要看時機、看場合、看對象，否則言多必失。

　　其實「閂」是很簡單很方便好用的東西，小時候的房子門內都還是用「門栓」。現代的門全部都用「鎖」，「閂」少見了，也不太會再被提起、聽聞。

本文拼音參考。

漢字	十五音	羅馬音	台羅拼音	台語同音字
閂	官三出	chhoàⁿ	tshuànn	--
	干一時	san	san	山、刪
閒	干五喜	hân	hân	寒
	干一求	kan	kan	奸
	干三求	kàn	kàn	幹
	經五英	êng	îng	榮
觸	嘉七喜	hē	hē	兮
尸	栀一英	in	inn	--
彐	糜一英	oain	uann	--

299
未、無、不

　　這幾年最紅的政府部門應該是「衛服部」，讓我想起一直想寫但沒寫的「未、無、不」。都擱著沒寫的其中一個藉口是這一篇會是比較無聊的文章，寫的人都覺得無聊，相信看的人更容易看到睡著。不過，似乎不寫不行了，因為現在每天打開電視、手機、報紙，朋友聊天、打屁、抬槓，都是「衛服部」，好像每天奪命連環Call，逼著我要把「未、無、不」寫出來。這三個字很重要，看倌您就忍耐一些，支持一下，最重要的是：不要再用那種莫名其妙的錯字。接下來就聽我用稟！

　　先談「未」字。現在大家都習慣用教育部的主張，把它換成了「袂」，做為表示「不」、「不能」、「不會」的假借字（也就是本來就不是這個字）；這字有人讀【嘉七門】（be-7），也有人讀【檜七門】（boe-7）。教育部應該是想要讓「未」字單純用來表達「地支」的「未」以及「猶未」、「尚未」（讀做【居七門】（bi-7）的字義，所以把「不」、「不能」、「不會」的「未」借用「袂」來表達。有些人建議用「昧」，【檜七門】（boe-7，闇也、冥也），但教育部認為用「袂」比較好，教育部說反正現在也不拿「袂」當「衣袖」用。「袂」的讀音是

【嘉七門】（be-7）。

　　也有人說：「台語否定詞『袂』這種寫法，也不是少數幾個學者的主意，因為1566年的南管戲文《荔鏡記》，到幾十年前的〈勸世歌〉歌仔冊，許多台語文獻都有這種用法。」但是，別忘了，我們也提過，舊時的這些戲文歌本常常是以字表音，用的並不見得是正確的字。

　　有人認為需要用不同的字才能表達正確意思，他說：

　　「『食袂飽，傷細碗』vs.『食未飽，就出門』。前句是無法度食飽，因為量無夠；後句是iá（猶）未食飽，就趕緊出門。

　　『做袂了，工課傷濟（贅）！』vs.『做未了，天tòh（就）暗矣』。前句是無法度做了，因為工課傷濟（贅）；後句是iá（猶）未做了，天就已經暗矣。」

　　他所舉的例子，「食袂飽，傷細碗」與「食未飽，就出門」以及「做袂了，工課傷濟（贅）」與「做未了，天就暗矣」，從「傷細碗」與「就出門」以及「工課傷濟（贅）」與「天就暗矣」就可以判斷這「未」的意思，所以並不需要借一個八竿子打不著的「袂」自來做區分。倘若真的要嚴格區分，曾有人建議用新造的「囘」字，我個人覺得要比「袂」好一百倍。

　　再來是被「嘸」篡位一半的「無」字。

　　2018年九合一選舉，高雄市長候選人陳其邁在鳳山造勢大會，主持人邱議瑩在晚會結束前喊「大家嘸離開」，被媒體報導為「大家賣離開」，邱議瑩憤而向NCC（國家通訊傳播委員會）申訴。

　　我不知道她到底喊了什麼，但是對於「大家嘸離開」、「大

家賣離開」這幾句話的用字倒是值得我們探討一下。

　　如果她是說「大家沒有離開」，應該是「無」，這個「無」，現在都被寫成「嘸」。《彙音寶鑑》有收錄「嘸」字，音【龜二門】（bu-2，不明貌）。《漢典》說「嘸」唸「ㄈㄨˇ」是驚愕；若唸「ㄇˊ」是方言的「沒有」。即使方言當「沒有」，應是借用，正字是「無」，在台語我認為也沒有寫為「嘸」的必要。可嘆的是「嘸」字被廣泛地使用已經回不去了，「等嘸人」、「娶嘸某」、「看攏嘸」、「走嘸路」、「調嘸資料」、「嘸驚」、「買嘸」，「招嘸人」⋯⋯⋯，拜託，寫「無」就好。

　　「無」有兩個音【高五門】（bə-5）、【龜五門】（bu-5），都是「沒有」的意思。而同樣【龜五門】有一個字「毋」，禁止詞也。因此，如果邱議瑩她發的是【龜五門】（bu-5，那是有可能是兩種意思，恐怕就有爭議了。甚至【高五門】（bə-5）的「無」有時也有軟性禁止的意思。

　　而如果她說的是媒體寫的「賣離開」，就是「不要離開」。教育部有說明：「在古今漢語裡，『勿』字通常用來表示『禁止』，例如：『非禮勿動』、『勿踏草地』；而『莫』字通常用來表示『勸阻』，例如：『莫等閒白了少年頭』、『莫待無花空折枝』。因此，本部推薦『莫』字來表示具『勸阻』義的『mài』，不取『勿』字而以『嬡』為異用字。」所以，無論如何，都不應該有個「賣」或「麥」跑出來搗亂。

　　最後是「不」字。我們再拿邱議瑩這句話為例子，她當天到底是要說什麼？中文是「大家不離開」、「大家沒離開」、「大

家別離開」，到底是哪一個？

　　如果是「主動不願意離開」，就是單純的「大家不離開」。「不」【姆七英】（m-7，不要也）。但是這個音不會造成混淆誤解，所以他應該不是這樣說。

　　「不」的讀音和意思如下：

　　【姆七英】（m-7），不要也；

　　【君四邊】（put-4），非也、未也；

　　【沽二喜】（hó），同否；

　　【龜一喜】（hu），未訂之詞；

　　【ㄐ五門】（biǔ），無也。

　　我們可以清楚地看到同一個字不同讀音會有不同意義的事實，我也不懂這些教育部的學者在想什麼、擔心什麼？

　　現在常常看到「毋湯」，叫人家不要做一件事的意思。但是「毋」的讀音有一個是【觀三求】（koan-3），是「貫」的意思，另一個是【龜五門】（bu-5），是個禁止詞，但是音與我們說的【姆七英】（m-7）不同，【姆七英】（m-7）是「不」的其中一個讀音，意思是「不要」。所以，「毋湯」是「不通」。

　　邱議瑩的那件事，NCC開罰中天電視台把「大家嘸離開」報導為「大家麥離開」，但是後來中天提起行政訴訟，台北地方行政法院最後以該報導並無違反事實原則，判決撤銷NCC原處分。其實，她說了什麼，應該不難分辨。

　　你會不會問我「廁所不通」怎麼辦？用「便所繪通」就會很簡單。如果是真的問「廁所不通怎麼辦？」，喔，用「通樂」。

本文拼音參考。

漢字	十五音	羅馬音	台羅拼音	台語同音字
袂	嘉七門	bē	bē	賣
未	檜七門	boē	boē	秣、昧
	居七門	bī	bī	味
昧	檜七門	boē	boē	秣、未
毋	觀三求	koàn	kuàn	眷、罐
	龜五門	bû	bû	無、巫
不	姆七英	m	m	--
	君四邊	put	but	扒
	沽二喜	hó	hó	缶
	龜一喜	hu	hu	夫、膚
	ㄐ五門	biû	biū	繆
湯	褌一他	thg	thng	--
	公一他	thong	tong	膛、恫
通	公一他	thong	tong	膛、恫
	江一他	tang	thang	東、冬
勿	君八門	bu̍t	bu̍t	物、歿
莫	沽七門	bō	bōo	暮、茂
	公八門	bo̍k	bo̍k	木、沐
甬	梔八地	tih^n	tinn	--

300

扣棒球

　　美國MLB職棒天使隊日籍好手大谷翔平近日展現「二刀流」威力，不但先發六局無失分，在打擊上也有二支安打及兩分打點的表現。我小時候也很愛打棒球，可是我應該沒有那種天賦會成為「二刀流」，大不了是「二流」。

　　念國小的時候，打棒球是平常最重要的遊戲，放學後或是假日，都會有一群人到廟埕玩打棒球。不過那個時候的玩法不是正常的有投手投球給打擊者打，而是打擊者自己拋球自己打；接殺的判定也不一樣，球落地一彈跳接起來也算接殺。我記得有一年暑假天天一早就跑去玩，後來爸爸說去玩沒關係，但是要寫完功課才可以吃午餐，所以我常常是在家人吃午餐的時候寫暑假作業。

　　受了日文的影響，早期台語稱「棒球」為「野球」，不過現在大家都已經直接講「棒球」了。而「打棒球」台語除了「拍棒球」也可以說「損棒球」，也可以說「扣棒球」。「損」【公三求】（khong-3）；「扣」【膠三去】（kha-3，擊也）。不要用「敲」，因為「敲」讀做【交一去】（khau-1，敲也擊也），通常廟在農曆初一、十五清晨會「敲鐘擂鼓」。

球打出去後，防守的一方要接球。接球除了用「接」這個字外，比較常用的是「承」。「承」，【巾五時】（sin-5，下載上也，奉也）。有個字「扟」，《廣韻》：「扟」，從上擇取物也。這應該才是【巾五時】的「接」的本字。

沒接到球還是要把球撿起來。「撿」字的台語音是【兼二求】（kiam-2），是挑選的意思，撿起東西台語要用「拾」，「拾」除了一般常用的【金八時】（sip-8），也念【茄四去】（khioh-4，拾得物也）。教育部建議用字是「抾」，也是要念成【茄四去】（khioh-4）。野雞車沿路載客叫「抾客」，政府課稅叫「抾稅」，收拾整理與叫「抾」，如「物件抾抾咧」。「抾捔」是指一個人沒出息。但是「抾」在北京語的解釋是「驅除、雙手捧、捕捉」，老一輩的台語人都很清楚知道應該是「拾」才是原來的正確字。「拾拾」唸【茄四去】【金八時】，是節儉的意思，很台語的詞。

撿到球要傳回來，傳不同於一般的丟，要「丟」與「接」連貫才是「傳」。

丟球的丟有好幾個動詞，一般來說，投手投球才會用「投」這個字，其他的可以用「擲」、「抭」、「扰」或「擊」，這些都有扔、投擲的意思，但是不要用「抨」，這字有拋棄不要的意味。有一個狀況會用「抨」，當打擊者把球打出去要跑壘的時候，可能會把球棒亂丟亂甩，這時候就叫「抨」。

「擲」，【經八地】（tek-8）或【金三地】（tim-3，投也拋也）；

「抭」，【堅八喜】（hiat-8，丟擲）；

「扰」‧【金三地】（tim-3‧深擊也；

「掔」‧【堅一求】（khian-1）或【堅七求】（kian-7）；

「抨」‧【經一邊】（peng-1‧使也隨也）。

我們也要多幫台灣的球員加油，昨天，海盜隊的張育成不但有個精采守備，擋下強勁滾地球，坐著傳球還成功封殺跑者，今天還敲出全壘打，繼續為台灣的球員加油！

本文拼音參考 ◦

漢字	十五音	白話拼音	台羅拼音	台語同音字
摃	公三求	khòng	kòng	貢、逛
扣	膠三去	khà	kà	--
敲	交一去	khau	khau	鬮
承	巾五時	sîn	sîn	辰、臣
扦	巾五時	sîn	sîn	辰、臣
撿	兼二求	kiám	kiám	減
拾	金八時	sip	sip	習、什
抾	茄四去	khioh	khiok	卻
	茄四去	khioh	khiok	卻
擿	經八地	tėk	tik	敵、擇
	金三地	tìm	tìm	扰
扠	堅八喜	hiàt	hiat	穴
扰	金三地	tìm	tìm	擿
掔	堅一求	khian	khian	鏗
	堅七求	kiān	kiānn	踺、健
抨	經一邊	peng	phiann	--

後記。───────────────────────────────

　　有位金枝演社劇團的演員劉小姐說：北管亂彈戲有齣名劇叫
「敲金鐘khau-kim-tsing」。

國家圖書館出版品預行編目

消失中的臺語：講一句較無輸贏的 / 陳志仰著. -
- 臺北巾：致出版, 2022.09
　　面；　公分
　　ISBN 978-986-5573-44-7 (平裝)

1.CST: 臺語 2.CST: 詞彙

803.32　　　　　　　　　　111014288

消失中的臺語
──講一句較無輸贏的

作　　者／陳志仰
出版策劃／致出版
製作銷售／秀威資訊科技股份有限公司
　　　　　114 台北市內湖區瑞光路76巷69號2樓
　　　　　電話：+886-2-2796-3638
　　　　　傳真：+886-2-2796-1377
網路訂購／秀威書店：https://store.showwe.tw
　　　　　博客來網路書店：https://www.books.com.tw
　　　　　三民網路書店：https://www.m.sanmin.com.tw
　　　　　讀冊生活：https://www.taaze.tw

出版日期／2022年9月　　定價／420元

致 出 版　　　　　　　　向出版者致敬